新潮文庫

富山地方鉄道殺人事件

西村京太郎著

新潮社版

目次

富山地方鉄道殺人事件

第一章　宇奈月《うなづき》へ

1

私、牧野《まきの》順次《じゅんじ》は、八年ぶりに、麻美《あさみ》と会うことになった。S大を卒業してから八年間というもの、私は、努めて麻美に会わないようにしてきた。毎年三月に行われるクラス会に、私は出たことがない。麻美に会うことが怖かったからだ。

正直にいえば、私は、大学時代から麻美のことが好きだった。それなのに、わざと気がないふりをした。それは、私のつまらない見栄《みえ》である。気のないふりをしていれば、麻美のほうから、興味を持って近づいてくるのではないかと、そんなことまで私は考えていた。

しかし、そんなつまらない見栄が、成功するわけもなかった。

麻美は、大学を卒業すると同時に、同級の白石《しらいし》と婚約してしまった。

白石は、私たちのクラスでは、一番の秀才といわれ、卒業後は官僚になるだろうと見られていた。その予想通り、白石は国家試験に一番で合格し、卒業と同時に、内政省に入った。

二人は、卒業後三年目に結婚した。その結婚式には、私も招待されていたが、出席しなかった。

その頃、私も一応の就職をし、小さな旅行代理店の企画部に籍を置くサラリーマンとなっていた。それに比べれば、内政省の将来を背負《しょ》って立つといわれていた白石の結婚式は、内政省の事務次官や局長、課長たちが列席して、華やかなものだったに違いない。

結婚後も、白石は、順調に出世街道を歩いている。ある時、テレビを見ていたら国会中継があり、そこに白石が映っていた。答弁する大臣の後ろから、すばやくメモを差し出していた。

テレビに映る白石の姿を見ていると、自分との距離が、どんどん広がっていくような気がした。それにつれて、私の中の負け犬根性が、どんどん大きくなっていく。それはそれで、ホッとする思いもあった。いつまでも麻美の面影を、未練がましく追いかけていたのでは、自分自身がおかしくなってしまう。負け犬のままでいればいいと思ったのである。

しかし、八年経《た》った今でも、ときどき頭のどこかに、麻美の顔や立ち居振る舞い、話し声などが蘇《よみがえ》ってくる。そうなるのが嫌で、私はこの八年間、クラス会にも結婚式にも出なかったのに。もちろん、ここまで麻美のほうからは、何の連絡もなかった。

たぶん麻美には、私の記憶など、何も残っていないのだろうと思っていたのだが、ある日突然、麻美から電話がかかってきた。

「私です。麻美です。私のこと、覚えていらっしゃいますか？」

いきなり電話で、そういわれた。

「ええ、もちろん覚えていますよ。それが何か？」

と、私は、努めて素っ気なく、いった。

自分でも嫌味だと分かっている。久しぶりの電話を、素直に喜ばなくてはいけないのだが、それができない。私の昔からの悪い癖なのだ。

「どうしても牧野さんに、お願いしたいことがあるのです。ぜひ会ってください。私の話を聞いていただきたいの」

と、麻美が、いった。

電話越しではあったが、彼女は本当に困っている、そんな感じがする声だった。

「今週後半なら、何とか時間を作れますが」

と、私が、いった。

つくづく、自分は嫌な人間だと思う。旅行会社だから、出張が多く、土日出勤もあるが、通常は五時半を過ぎれば、どこにでも会いに行ける。忙しいふりをすることで、八年経った今も、麻美に対して、つまらない見栄を張ってしまうのだ。下手な独り相撲だとわかっているのに。

麻美のほうは、別に怒ったりもせず、

「それでは十五日の金曜日、ホテルNで会ってくださいませんか？　もし会ってくださるのなら、午後六時に、ホテルNのロビーでお待ちします」

「七時にしてもらえますか。それじゃあ、ホテルNで」

そういって、私は電話を切った。

六月十五日、ホテルNに午後七時ちょうどに着くように、私は出かけた。もっと早く出かけることもできたのだが、わざわざ、約束の時間きっかりに到着したのである。暇な男だと思われたくない。相変わらずのつまらない見栄だった。

ロビーに入ると、彼女は先に来て、私のことを待っていた。学生時代よりも、はるかに洗練されたファッションをしていた。

麻美は、私を見ると、にっこりして、

「本当に来てくださったのね。お忙しいのに申し訳ありません」

と、頭を下げた。

彼女のほうは、わだかまりも何もなく、あくまでも素直である。私の気詰まりも、少し解けた。

「何か私に頼みたいことがあると、電話でそう聞きましたが、どういうことかな？」

と、私は、きいた。

直接、顔を合わせたからだろうか。見栄という、どうしようもないものが、少しずつ消えていくような気がした。それだけの変わらぬ美しさを、麻美は備えていた。いや、むしろ学生時代よりも、はるかに美しくなっていた。

「一緒に白石を探してほしいのです。牧野さん以外には、頼れる人がいなくて」

と、麻美が、いった。

「白石が、どうかしたんですか？」

「一週間前に出張に出たまま、まだ帰ってこないの。連絡も一度も来ないし、携帯も通じないんです」

と、麻美が、いった。

「出張は、彼ひとりで？　行き先は分からないんですか？」

「大体のところは、分かっていますけど」

「内政省には問い合わせたんですか？」

「もちろん、白石の上司に聞きました。そうしたら、『白石君は大事な仕事で出張に出かけている。仕事が済めば無事に帰ってくるから、しばらくは、そのままにしておいて探さないでほしい』と、そういわれたんです。それなのに、どんな仕事で、どこに行ったのか、一切教えてくれません。それで一層心配になって……」

「そんなに心配なら、私なんかに頼むよりも、警察に話をしたらどうです？」

私は、わざと意地悪く、そういった。

「本当に仕事で出張に行っているなら、警察に届けたりすれば、白石に迷惑をかけてしまいます。それで、自分で探そうと思って……。でも、私は地理に疎《うと》いし、旅行会社で働いている牧野さんなら、きっと力になってくださるのではないかと思って、電話をしたんです」

と、麻美が、私を見つめて、いった。白石という苗字《みょうじ》を耳にする度に、私の胸が、なんだか締めつけられる気がした。

「今、白石の行き先は、大体のところは分かっていると、いいましたね？　それは、どういう意味なんです？」

と、私が、きいた。

次第に自然な会話になっている。そんなことを考えて、私は少し安心した。

「何か手がかりがないかと探していたら、白石の机の写真立ての裏に、これが入っていたんです」

そういって、麻美は、一枚のポストカードを、私に見せた。

有名な絵が描かれたポストカードだった。私でも知っている絵である。

日本画で、勝海舟と西郷隆盛《たかもり》が向かい合っている絵だった。江戸幕府の陸軍総裁、勝海舟が、東征大総督府下参謀である西郷隆盛と面会し、江戸城進撃を中止して欲しいと要請した場面である。もし江戸城が攻撃されれば、江戸市中に火を放ち、全《すべ》てを灰燼《かいじん》に帰す覚悟だ。そう交渉し、江戸城への攻撃をやめさせ、無血開城へと導いたと伝えられている。

「この絵が、どうかしたんですか？」

と、私が、きいた。

「裏を見てください」

と、麻美が、いう。

私は、いわれるままに、ポストカードをひっくり返した。そこには、ボールペンで書かれた文字が並んでいた。

「私の予定は宇奈月《うなづき》から黒部《くろべ》への旅。内政省の仕事で行くので、絶対に探さないでほしい。文彦《ふみひこ》」

そう書いてあった。

「ここに書いてあるように、白石は宇奈月から黒部に行ったと、役所の上司も、いっているんですか？」

「いえ、上司の方は、行き先は分からない、いえないと。白石がどこに出張しているのか、教えてくださらないのです。この『宇奈月から黒部へ』という文字を見つけた時、これは、白石から私への苦悩のメッセージだと思いました。きっと役所に口止めされて、私にも行先をいったり、連絡したり、できないに違いない。それで、こんな形で、私にメッセージを残して行ったとすれば、私も、宇奈月から黒部へ行くしかありません。だから、牧野さんに、お願いをしているんです」

と、麻美が、いう。

私は、旅行会社で八年間働いている。企画部にいるから、北陸方面の旅行についても、プランを立てたことがあるし、下見で何回も宇奈月温泉に行っている。もちろん黒部にも行っている。そうした経験があるからか、私には、少しずつ余裕のようなものが出てきた。

麻美の話が本当なら、役に立てるかもしれない。それも、自分の得意な世界で、である。

「もう一度確認しますが、白石の上司は、仕事が済めば帰ってくるから探すなと、そういったのですね？」

「そうです。でも、このポストカードを見つけてからは、どうも嫌な予感がして、居ても立ってもいられなくなりました。ただの出張なら、こんな書置きを残して行かないと思うんです」

「宇奈月から黒部への旅行は、ご案内できますが、麻美さんは、何としてでも自分で探しに行くつもりなんですね？」

と、私が、きくと、麻美はうなずいた。

「白石が見つかるまで、何日でも滞在するつもりです。でも、牧野さんは、私のために、そんなに時間は割けないでしょう？　何日ぐらいなら大丈夫ですか？」

と、麻美が、きいた。

「私は旅行会社の企画部にいるんです。これから夏の旅のプランを作らなければならないから、宇奈月温泉から黒部へという企画を立てて、現地へ下見に行ってくるといえば、何日でも大丈夫です」

と、私は、いった。いつも見栄を張って、安請け合いしてしまうのだ。

私の答えには、少しばかり嘘《うそ》が混じっている。夏の旅行プランは、すでにでき上がって、予約が始まっている。今から下見するとすれば、秋の旅行プランである。幸い、夏のプランの中には、宇奈月から黒部へという旅はなかったから、重複する恐れはない。宇奈月や黒部は、秋の紅葉の名所だから、何とか、会社も通してくれるだろう。

「本当に？」

「うん、大丈夫。いつ出発しますか？」

「なるべく早く。できれば明日からでも行きたいんです」

と、麻美が、いった。私は、少しばかり考えるふりをした。

「明日、会社に話を通します。明後日の午前中に、東京を出発しましょう。北陸新幹線で富山まで行きます。富山から黒部方面へ行く列車が出ているから、それに乗れば、宇奈月へも行けます。まずは現地に行って、白石の消息をきくのが一番でしょう」

と、私はいい、東京駅で落ち合う時間を、麻美に伝えた。

2

翌日は土曜だが、出勤日である。午前九時に、東京駅八重洲《やえす》口の旅行会社に出社すると、私は上司に相談を持ちかけた。秋の旅行プランとして、宇奈月温泉から黒部への旅を作りたいので、一週間の予定で取材してきたい。少しばかり無理な相談だと、自分でも分かっていた。

しかし、八年間、文句一ついわずに働いてきたおかげで、私の企画は、半分以上通るようになっていた。今回も、現地を下見してくるという私の願いが通り、翌日から一週間の出張が許可された。

その翌日、麻美とは、東京駅構内のカフェで、午前九時に待ち合わせをしていた。

今回も、麻美のほうが先に来ていた。私は向かい合って腰を下ろし、コーヒーを注文してから、何気なく、彼女が読んでいた新聞に目をやった。

大きな活字で、

「内政省、問題山積」

と、あった。私も一応は新聞を読んでいるし、テレビのニュースも見ているから、内政省に問題があることは知っていた。多分、それと関連して、白石は出張に出かけたのだろう。

「内政省も、いろいろと大変ですね」

私がいうと、麻美は、少し困った顔で、

「ですけど、白石はまだ課長補佐ですから」

と、そんないい方をした。大きな問題には関わっていないと、そういいたいのだろう。

その後、彼女は、封筒を取りだして、私の前に置いた。

「牧野さんに、お礼や費用をいくら差し上げたらいいのか、分からないんです。ひとまず、これだけお渡ししておきますので、これで切符や宿の手配をしてください。何しろ私は、北陸のことは、何もわからないんです」

「分かりました。とりあえず預かっておきます」

私は、そういって、分厚い封筒を、背広の内ポケットに入れた。

東京九時三二分発の、はくたか五五七号の切符を買ってあった。

はくたか五五七号は、十二両連結の列車である。グリーン車は一両しかない。そのグリーン車の切符を買っていた。この時も少しばかり、見栄が働いていた。仕事でいつもグリーン車を使っている、と思わせたかったからである。

それに、ゆったりとした座席に並んで、麻美と二人で座って話をしたかったのだ。

はくたかで一番高価なのは、先頭の十二号車グランクラスである。

しかし、私は、あえてグリーン車にした。グランクラスでは見栄っ張りだと思われそうで、上から二番目のグリーン車にしたのである。そんな気の使い方にも、自己嫌《けん》悪《お》を感じていたのだが、麻美は、別に何もいわずに、隣り合った座席に腰を下ろして、

「牧野さんは、何度も宇奈月温泉から黒部に行っているんですよね。男の人には魅力のあるコースなんですか？」

と、きいた。私はうなずいて、

「人気コースですよ。金沢までの北陸新幹線は、二〇一五年の開通です。終点の金沢に行く人が多くて、途中の富山で降りる人は、あまりいない。でも、富山は魅力のあ

る町なんです。それに、富山から宇奈月温泉行きの列車が出ていて、車窓から立山連峰が間近に望める。素晴らしい景色で、思わず見とれます」

そんな話をしながら、頭の中では、隣に座っている麻美を、大学時代と同じように麻美と呼んだら、彼女がどう反応するだろうかと、そればかり考えていた。

はくたか五五七号は、東京駅二三番線ホームを、定刻の九時三二分に発車した。

金沢行きのはくたか五五七号は、富山に一二時六分に着く。

白石は、宇奈月から黒部への旅と書いていた。宇奈月温泉に行くには、新幹線で富山より一つ手前の黒部宇奈月温泉駅で降りて、少し離れた新黒部駅から、富山地方鉄道に乗り換えるほうが早い。しかし、私は、いったん富山まで行って、富山地方鉄道で宇奈月温泉に向かうルートを選んだ。

それは、やはり富山県の中心である富山市と富山駅を、一度見ておいたほうがいいと思ったからだった。白石が今、富山県にいるなら、どこにいても、一度は富山駅を通ったはずだ。それに、もうひとつ私には、ちょっとした推理があった。

「白石は、『宇奈月から黒部への旅』と書いていたでしょう。黒部宇奈月温泉駅で新幹線を降りて、新黒部から宇奈月へ行く予定だったなら、そんな書き方はしなかったんじゃないかな。『黒部、宇奈月への旅』とか、『黒部から宇奈月への旅』とか、そういうふうに書くのが自然でしょう」

私が、そういうと、麻美が、かすかに笑ったように見えた。私の推理に感心してくれたのかもしれない。私は、少し気をよくした。

車内販売が来ると、麻美は、素早くコーヒーを二つ注文した。

「白石からきいたんですけど、最近は、新幹線のコーヒーも美味《おい》しくなったって。牧野さんは旅行会社にお勤めだから、もちろん知ってらっしゃるでしょうけど」

と、麻美が、いった。さらに続けて、

「私、毎年、クラス会には必ず出ているんですけど、牧野さんは、一度も出ていないでしょう。クラス会が嫌いなのかしら?」

麻美の無邪気な問いに、私は、答えに詰まった。まさか正直にはいえないから、

「出たいとは思っているんだけど、なぜかその日に仕事が重なってしまったり、出張が入ったりで、ずっと出られなくて。でも、こうして、あなたに会えたから満足しています」

と、思い切って、いった。私にとっては、精一杯の告白だった。

本当は、あなたではなく、麻美と呼びたかったのだが、あなたと呼んでしまう。それでも麻美さんというよりは、少しは彼女に近づけたような気がした。

「ところで、白石の写真は持ってきましたか？」

と、私が、きいた。

「ええ、カジュアルな格好の写真ですけど、プリントして何枚も持ってきました」

麻美は、バッグから、その写真を数枚取り出した。

写真の白石はノーネクタイで、白のシャツに上着を羽織った姿だった。口惜《くや》しいが、それがまたよく似合っていた。

「いかにもエリートという感じですね。大学時代から、そうだったけど」

と、私が少し嫌みをいってやった。

「でも、そういうエリートらしさって、私は、あまり好きじゃないんです。もっと自由な感じのほうが好きなんですけど。その点、牧野さんのほうが、大学時代は素敵だと思っていました」

いきなり、彼女が、いった。

私は、どう答えていいか分からずに、黙って笑っていた。こんな時、昔から洒落《しゃれ》た対応が出来ないのだ。

富山まで新幹線で約二時間半。あっという間だった。

ホームに降りると、東京に比べて、少し肌寒く感じられた。梅雨寒《つゆざむ》というのだろうか。ただ、よく晴れていて、立山連峰がくっきりと見える。

富山に着くと、構内で駅弁を買った。富山といえば、ます寿司《ずし》である。「ますのすし」と書かれた売店は賑《にぎ》わっていた。

麻美は売り子に、白石の写真を見せて、最近、この男性がここに来なかったかどうかを聞いた。それは、新幹線の車内で車掌にきいたのと同じである。新幹線の車掌からは、期待するような答えは出なかったが、それは駅弁屋の売り子も同じだった。誰も、白石を見ていないといった。

観光案内所でも、同じように尋ねてみたが、答えも同じだった。

富山は、さすがに大きな駅である。手当たり次第に聞いて回っても、成果を上げるのは難しい。それが分かっただけでも、遠回りして、富山まで来た意味はあると、私は思っていた。

麻美と私は、宇奈月温泉行きの列車に乗ることにした。

富山地方鉄道は面白い私鉄である。富山地方鉄道には、本線、立山《たてやま》線、不二越《ふじこし》・上《かみ》滝《だき》線の三つの線がある。本線は宇奈月温泉行き、立山線は立山行き、不二越・上滝線は岩峅寺《いわくらじ》行きである。さらに、富山の市内を走る路面電車が、同じ富山地方鉄道の経営で、全部の路線の合計距離は一〇〇キロを超す。

それが富山地方鉄道の自慢で、地方の私鉄で一〇〇キロを超す路線を持っているところは、ほとんどない。大都会の私鉄でも珍しいだろう。それが自慢だということを、私は以前、旅行案内のパンフレットに書いたことがあった。地方鉄道で、この営業キロ数は立派なものである。

富山から宇奈月温泉までは、普通列車と急行、特急がある。季節によって、観光列車の特急も走っている。私は、麻美から預かったお金で、宇奈月温泉までの特急の切符を、二枚買った。

富山地方鉄道の観光列車で有名なのは、「ダブルデッカーエキスプレス」と「アルプスエキスプレス」である。宇奈月温泉への本線と、立山方面へ行く立山線に、それぞれ運用されるが、どちらの列車が走るかは、年によって、また時季によって、変わるという。

「ダブルデッカーエキスプレス」は、橙色《だいだいいろ》と赤のツートンカラーで、三両連結のダブルデッカーである。真ん中の車両が、二階建てになっている。窓が広いので、二階席からの立山連峰の眺めが素晴らしいと、パンフレットの宣伝文句に書いたことがあった。それを思い出しながら、私は麻美とともに、電鉄富山駅のホームに向かった。

新幹線のホームと、富山地方鉄道のホームとは、隣り合わせになっている。ここは富山地方鉄道の始発駅でもある。前に来た時も不思議に感じたのだが、富山地方鉄道は、この富山では「地鉄」と呼ばれているのに、なぜか、この駅は地鉄ではなく、電鉄富山駅と呼ばれている。

ホームには、シルバーとクリーム色の車体に赤のラインが走る観光列車が待っていた。こちらも三両編成の「アルプスエキスプレス」である。今日は、この「アルプスエキスプレス」が宇奈月温泉行きだ。麻美が、急に嬉《うれ》しそうな声を上げた。

「この列車、見たことがあるわ。確か西武鉄道を走っていたんじゃないかしら。どうして、この富山にあるの？」

麻美の声は、はしゃいでくだけたものに変わっていた。それが私にも嬉しかった。これからは、変に丁寧で堅苦しい話し方をしなくても済むと思ったのだ。

麻美は、鉄道や列車に興味があるのだろうか。富山地方鉄道の観光列車のことなら、仕事柄、調べたことがあったから、私も自信をもって話せる。

「こちらの車両は、麻美さんがいうように、西武鉄道で使われていたものだね。正確にいえば、西武鉄道の特急『レッドアロー』号です。富山地方鉄道には、二階建ての『ダブルデッカーエキスプレス』もあるけど、今日は立山線を走っているようです。そちらは京阪《けいはん》電鉄の三〇〇〇系と呼ばれていた列車を改造したもの。だから、車体に、京都の三大祭りの一つ、時代祭行列の絵が入っていたりします。ヘッドマークも、京阪電車と全く同じだし。今はどちらも、富山地方鉄道が誇る観光列車です」

と、私は、いった。少しずつ、自分の会話が、自由になっていくような気がした。嬉しかった。だが、まだ麻美と呼び捨てにはできない。

「残念。そっちも乗ってみたかったなあ。でも、この『アルプスエキスプレス』も素敵ね」

と、麻美もニコニコしている。一時だが、白石を探す心労を忘れたように見えた。

「アルプスエキスプレス」は、二号車が全席指定席である。係員に聞くと、まだ空席があるという。指定券を二枚買って、私たちは、宇奈月温泉行きの「アルプスエキスプレス」に乗り込んだ。

車内は、明るい木目のフローリングで、カウンター席やカップルシート、ベンチシートなど、一両にいろいろな座席がある。私たちの席は、カウンター席だった。カップルシートでなかったのが、残念でもあり、ほっとしたような気持ちでもあった。

列車には、女性のアテンダントが乗っていて、いろいろと案内してくれる。そんなところも、いかにも観光列車である。

しかし、走り出すと、私は、大きな窓の外の景色に見とれた。

宇奈月温泉行きの列車は、しばらく海岸線を走る。最初に乗客が騒いだのは、電鉄魚津駅だった。乗客は、ここで蜃気楼《しんきろう》がみえるかと、海岸線を見つめていたが、残念ながら見えなかった。

この辺り、電鉄魚津、電鉄石田、電鉄黒部と、駅名に「電鉄」とついた駅が並ぶ。

「富山地方鉄道は『地鉄』と呼ばれるのに、なぜ駅名は『電鉄』なのだろうね」

と私がいうと、麻美も相槌《あいづち》を打って、笑顔を浮かべた。

富山湾の景色が視界から消えると、今度は、反対側の車窓に、立山連峰が見えてきた。一瞬だが、私は隣の座席に座る麻美の存在を忘れかけた。それほど、車窓一杯に広がる立山連峰は素晴らしかった。

私のように旅行会社に勤めていて、全国各地に出張に行く人間でも、この富山地方鉄道に乗ると、本当の日本の自然に囲まれたという思いに駆られる。その間だけ、私は、白石のことを忘れていた。

麻美も、途中から言葉少なになって、車窓の景色に見とれていた。

それでも、アテンダントが通りかかると、忘れずに呼び止めて、白石の写真を見せた。

「この人が、ここ十日以内にこの観光列車に乗りませんでしたか？」

　麻美が事情を簡単に説明して、白石の背格好を伝えると、アテンダントが、

「この写真をお借りできませんか？　アテンダントは私の他にもいますから、聞いてみます」

　と、いった。アテンダントが、白石の写真を持って立ち去ってしまうと、麻美は、

「これで少しは望みを持てるといいんだけど」

　と、つぶやいた。

「確か、白石は山が好きだったね？」

　と、私が、いった。私は大学時代、白石と一緒に白山《はくさん》に登ったことがあった。

「ええ、好きでした。最近は仕事が忙しくて、山登りなんて無理だったけど」

　と、麻美が、うなずく。

「それなら、宇奈月に行くという意味も分かります。この列車の終点は宇奈月温泉だけど、温泉よりも、そこから黒部に登っていくトロッコ列車が有名なんだ。これから夏いっぱい、そして紅葉の時期まで、黒部峡谷鉄道は観光客であふれます。白石が、この列車に乗ったとしたら、宇奈月温泉で一泊してから、黒部の山に登ったのかもしれない」

　と、私は、いった。

終点の宇奈月温泉駅が近づくと、先ほどのアテンダントが、申し訳なさそうに近づいてきた。

「やはり、心当たりのある者はいませんでした。お力になれず、申しわけありません。写真はお返しします」

麻美は、落胆した表情を覗《のぞ》かせた後で、アテンダントに笑いかけて、お礼を述べた。

宇奈月温泉駅は記憶にあったものと、ほとんど変わっていなかった。駅前に設けられている噴水は、勢いよく温泉を噴き上げている。駅を出ると商店街があり、その先には、黒部峡谷鉄道の宇奈月駅がある。

黒部峡谷鉄道は、もともとは発電所建設の資材運搬のために敷設《ふせつ》された路線で、そのため、電力会社のグループ企業だという。現在は観光用のトロッコ列車が人気になっている。冬季は運休だが、春になって除雪と整備が済むと、宇奈月から欅平《けやきだいら》まで開通して、大勢の観光客が詰めかける。

麻美が、少し疲れたというので、ひとまず旅館に入ることにした。道路に面して、宇奈月駅がよく見える宿を探して、チェックインすることにした。

正直なところ、私も少しばかり疲れていた。それは肉体的な疲れではなくて、麻美と二人で、東京からここまでやって来た、精神的な疲れだった。私は、ずっと緊張していた。

道路に面した二階の客室を選んで、少し休むことにした。もちろん、部屋は別々だが、隣り合わせた客室である。部屋に荷物を置いて、麻美が私の部屋に来た。今後の相談をしなければならない。

女将《おかみ》さんが、お茶とお菓子を持ってきながら、窓の外に見える黒部峡谷鉄道に目をやって、

「今年は雪が多かったので、開通は五月二日になりました」

と、いう。

「それなら、五月の連休には、辛うじて間に合ったわけですね」

「そうなんですよ。それで連休は、めちゃくちゃに混んで、トロッコ列車の切符を買えない人がたくさん出て、大変でした」

麻美が、女将さんにも白石の写真を見せて、見覚えがないか訊《たず》ねている。女将さんは、その写真を手にすると、

「うちにはお泊りでないですが、他の旅館にも聞いてみますよ。よその旅館に泊ったかもしれませんからね」

と、親切に、いってくれた。

窓からは、ちょうどトロッコ列車が発車するところが見えた。赤い小さな電気機関車は、まるでおもちゃのように見える。そこに同じように小さなトロッコの客車がつながっている。

私は、旅行会社に入ってから、初めてこの宇奈月に来た。かつては、窓も何もない文字通りの貨車だったというが、今は、いくつかのクラスの車両がつながっている。普通車両は、屋根は付いているが、車両の横側は吹きさらしになっている。特別客車やリラックス客車と呼ばれる車両は、大きなガラス窓がはめられていて、見晴らしがよさそうだ。乗客たちが周囲に向かって、盛んに手を振っているのが見えた。

トロッコ列車は静かに出発していった。

そのあと、いったん私たちの視界から消えたトロッコ列車が、再び視界に戻ってくる。ジグザグに上に登っていくのである。

「これから、どうします？」

と、私は、麻美にきいた。

「今日、あのトロッコ列車に乗りますか？　それとも、明日にする？」

「なぜか少し疲れました。できれば、明日乗りたい」

と、麻美が、いう。心労が重なっているに違いない。女将さんが気を利《き》かせて、

「それなら、明日の切符を買っておきますよ」

といって、部屋を出ていった。

麻美は、窓の外に目をやったまま、

「白石は、本当に、ここに来たのでしょうか？」

「あのメッセージ、持ってきました？」

と、私がきいた。

麻美は、バッグから、例のポストカードを取り出した。改めて見ても、そこには、

「宇奈月から黒部への旅」

と、書かれている。

「いつ来たかは分かりませんけど、白石が、ここに来たことは間違いないでしょう」

と、私は、いった。いずれにしても、このメッセージ以外に手がかりはないのだ。

「でも、いったい何のために、ここに来たのでしょうか？」

「役所にきいても、教えてはくれないんでしょう？」

「ええ。役所は出張の一点張りで、行き先すら教えてくれません。むしろ、探すなと釘《くぎ》まで刺されました」

「この宇奈月に、内政省の分室でもあるのかな？」

と、私は、首をひねった。しかし、国土交通省ならともかく、内政省の施設が、この宇奈月や黒部にあるとは思えなかった。

私はあまり政治には関心がない。しかし、今、内政省でいくつかの不祥事があり、世間の耳目を集めていることは知っていた。

内政省の大臣が責任を取って辞表を出したとか、逆に辞任を迫られたが拒絶しているとか、いろいろな噂《うわさ》が流れている。当然、内政省で働くエリートの白石も、常にも増して忙しいだろうと推測はできる。

そんなさなかに、白石が、なぜ宇奈月から黒部への出張に出かけたのか、それが分からない。

「私にも分からないんです。白石は、仕事について詳しいことは、何も教えてくれなかったから」

と、麻美が、いう。

「テレビのニュースか何かで、白石が映っているのを見たな。国会で野党の質問を受ける大臣に、後ろから答えを書いたメモを渡していた」

「毎日のように、国会に呼ばれていました。朝早くから出かけて、帰りはいつも深夜。相当疲れていたはずなんです」

「そうすると、出張ではなく、疲れを癒《いや》すために旅行に出たのかもしれない」

　私が気休めのようにいうと、麻美は、小さく首を横に振った。

「でも、内政省では、仕事のことで出張に出かけたから、しばらくは探すなと、いわれました」

「連日の国会答弁が大変だったから、特別に休みを与えられて、好きな山に出かけたのかもしれない。麻美さんに何もいわなかったのは、一人で山と向き合いたいという思いがあったのかも。それなら内政省のお墨付きがあるわけだから、心配することはないでしょう」

　と、私は、いった。

　麻美が、夕食まで休みたいというので、私は、その間、ひとりで温泉に入ることにした。

　小さいが、露天風呂《ぶろ》である。泊り客は多いようだが、この時間に、温泉に入っている客の姿はない。たぶん、ほとんどの泊り客が、トロッコ列車に乗って、黒部に行ってしまったのだろう。

　泉質は、無色透明の弱アルカリ性単純泉だという。私は、ゆっくりと温泉に浸《つ》かりながら、目を閉じた。ふと、

(私は、いったい何をしているんだろうか)

と、考えてしまう。

八年ぶりに会った麻美は、以前よりも、さらに美しい。その彼女と一緒に、宇奈月まで旅行に来るとは思わなかった。緊張はしているが、麻美と一緒にいるのは楽しかった。しかし、これからどうなるというのだろうか？

白石が見つかれば、それで麻美との旅も終わりである。そうなったら、まるでもう一度敗北感を味わうために、麻美と一緒に宇奈月に来たも同然ではないか。そんな考えがちらついた。

温泉から出ると、自分の部屋に戻り、畳に寝転んだ。

手を伸ばして、テレビをつける。別に何か見たいわけではなかった。何となく落ち着かなかったのだ。

ニュースの時間になり、内政省の問題について、ジャーナリストと政治評論家が、議論を戦わせていた。内政省の大臣と、中国人の女性留学生とのスキャンダルが、話題になっている。女性留学生が大臣からセクハラを受けたと訴え、大臣側は全くの誤解だと弁明していた。ハニートラップという言葉も出てくる。

「このままでいけば、水掛け論で終わり、大臣辞任まではいかないでしょうね。野党の追及も尻切《しりき》れトンボだから、何事もなく逃げおおせてしまうでしょう」

笑いながら、二人の専門家が、いっている。

そのニュースを、私は最後まで見ていたが、この問題に関連して、白石の名前が出ることはなかった。

夕食の席でも、まだ麻美は疲れが取れないような表情だった。食事も残して、

「早く寝ます」

と、自分の部屋に入ってしまった。

宇奈月まで来たものの、白石の行方について、何も情報は得られていない。私は、麻美の様子が気になって仕方なかった。実のところ、白石のことは心配していなかった。あのエリート官僚は、どこかでよろしくやっているだろう。

私の心配の対象は麻美でしかない。夕食の後、私は同級の大久保《おおくぼ》に、電話をかけた。

大久保は、新聞記者をやっている同級生である。もう何年も話したこともなかった。電話に出なければそれまでだと思ったが、意外に電話がすぐにつながって、

「君からの電話なんて珍しいじゃないか。どうしたんだ？」

と、きかれた。私は、他人事《ひとごと》を装《よそお》って、いった。

「ちょっと政治のことで教えてほしいんだ。今、問題になっている内政省の問題だが、

これからどうなると、君は予想しているんだ？」

「牧野が政治に関心を持つとは思わなかったね。いったい、どういう風の吹き回しなんだ？」

　電話の向こうで、大久保が笑った。

「テレビのニュースを見ていたら、内政省の大臣の問題をやっていてね。中国人留学生とのトラブルをうまく収められるかどうかがポイントだといっていた。その件について、君の考えを聞きたくなったんだ」

「あの留学生は、何といっても中国要人の娘だからね。それに、その要人の秘書的な仕事もやっている。単なる誤解だったという話になれば問題はないんだが、下手をすると、大きな国際問題になる」

「テレビのニュースでは、今のところ、うまく収められるだろうといっていたが」

「まあ、そんなところだね。いずれにしても、原因は内政大臣の欠点にあるんだが」

「どんな欠点なんだ？」

「英会話が下手なんだよ。気の利いた会話ができないし、下手に砕けた会話をしようとすると、セクハラに取られてしまうんだ。それに比べて、中国要人は英語に堪能《たんのう》だし、娘だって同じだ。英語については、向こうのほうが上手だよ。それに……」

「それに、何だ？」

「いや、なんでもない。用件はそれだけか？」

大久保はあわてて言葉を濁して、話を打ち切ろうとしているようだった。

「実は、もう一つ聞きたいことがあるんだが」

と、私がいうと、

「白石のことじゃないのか」

と、先にいわれてしまった。

「ちょっと彼に用事があってね。電話をしたんだが、旅行に出ているといわれたんだ。このところ、内政省には、いろいろと問題が起きているのに、そんな大事な時に旅行なんかに行っていて大丈夫なのかと、それで心配になってね」

もちろん私は、麻美と一緒に宇奈月温泉に来ていることはいわなかった。

「白石のことは心配いらないよ。内政省の若手官僚の中では、ピカイチだといわれている。国会や何かで一生懸命に大臣を守ったから、たぶん、そのご褒美《ほうび》なんだろう。新聞記者から遠ざけるという意味もあるのかもしれない。だから、行き先は明かさないだろうね。いずれにしても、ご褒美の旅行だと、もっぱらいわれている」

「何のご褒美なんだ？」

「白石は英語が達者だし、アメリカやイギリスの留学で鍛えられている。それで、今、君が心配していた内政大臣と中国人留学生との問題で、間に立って、うまく話をつけたといわれているんだ。だから、永田町や霞《かすみ》が関《せき》では、この問題は終わったと見られている。そのご褒美だよ。ただ、俺にも、どこに旅行に行っているのかは分からないよ」

「そうか。白石は大丈夫か」

「そうさ。何しろ、あいつはエリートで、俺たちよりも先が読めるからね。下手なことはやらないさ」

と、いって、大久保は電話を切った。

3

翌朝になると、麻美も元気を取り戻したように見えた。私の部屋に朝食を運んでもらい、窓外に広がる立山連峰を、二人で見ながら食べた。朝食に並んだのは、富山湾で獲《と》れたというホタルイカや、白エビだった。どれも朝獲れたばかりだと、女将が胸を張った。

まだ朝早いのに、黒部峡谷鉄道のホームには、すでに乗客が集まっているようだった。昨日に比べると、空はどんよりとしているが、雨は降りそうもない。

女将さんが、一〇時四四分発のトロッコ列車の切符を持って来てくれた。それよりも早い列車は取れなかったと、しきりに恐縮していた。

私たちは部屋で時間をつぶし、十時になると、旅館のロビーでコーヒーを飲みながら、トロッコ列車の時間を待つことにした。

「あら」

と、急に麻美がコーヒーカップを置いた。

つられて、私も黒部峡谷鉄道の宇奈月駅に、目をやった。いつの間にか、パトカーが二台来ているのだ。

「何かあったのかしら」

と、麻美がいうと、女将さんが、すぐに電話で状況を確認してくれた。

「欅平で、若い観光客の方が死んでいるのが見つかったそうですよ」

その言葉で、麻美の顔色が変わった。

「その死んでいたという人は、男性ですか、それとも女性ですか？」

と、私が麻美に代わって、きいた。

「私がきいたところでは、女性だそうですよ」

その言葉で、麻美の顔色が元に戻った。ホッとしたのだろう。もちろん私もホッとした。

私たちは、早めに駅に行くことにした。欅平は黒部峡谷鉄道の終点で、そこまで行けば、また宇奈月に戻ってくるしかない。だから、荷物は旅館に置いたまま、部屋もキープしてくれるように頼んだ。

女将さんに見送られて、宇奈月駅に向かう。パトカーや警察車両と思われる車は、さらに台数が増えていた。

ホームには大勢の乗客が並んでいる。その中に、観光客とは見えない男が数人、混じっていた。パトカーから降りた刑事だとしたら、欅平で見つかった死体を検分しに行くのかもしれない。欅平まで、車が通れる道路はないので、刑事たちもトロッコ列車に乗って行くしかないはずだ。

ほぼ満員の乗客を乗せて、トロッコ列車が動き出した。

旅館の女将さんが用意してくれた切符は、窓のあるリラックス客車の席である。まだ肌寒い季節だし、雨が降り出したら困るだろうと思って、このクラスの客車の切符を用意してくれたのだろう。リラックスとはいっても、なにしろトロッコだから、とにかく狭いし、小さい。子供がやたらに歓声をあげる。

時々、牽引《けんいん》する電気機関車が、警笛を鳴らす。昔は黒部ダムのために業務用に走っていたトロッコ列車が、今は観光列車である。警笛を鳴らすのは、乗客へのサービスなのだろう。

トンネルを抜けて、最初の鉄橋を渡る。ここが、この観光列車の売り物の一つなのだ。はるか眼下を、黒部川が流れている。その高さに、乗客が、また歓声を上げる。

私は、隣に座っている麻美の顔に目をやった。麻美は、景色に見とれているわけではない。何かをじっと考え込んでいるかのような横顔だった。白石のことを心配しているのだろう。それとも、何か別のことを考えているのだろうか？　私は、何を聞いていいのか分からないので、黙って周囲の渓谷の美しさに目を走らせていた。

二つ目のトンネルを抜けると、対向列車との待ち合せで駅に停車した。

ホームの目の前に、まるで西洋の城を思わせるような建物がある。宇奈月駅で渡されたパンフレットを見ると、この西洋の古城のような建物は、発電所なのだという。

そこから先は、V字型の深い渓谷の連続である。急流ばかりの川を越え、トンネルをくぐり、おもちゃのような列車は、終点の欅平に向かって登っていく。

一二時〇三分に、終点の欅平に着いた。

ホームに降りて前方を見ると、そこにトンネルの入り口が見えた。その先までトロッコ列車は行けるらしいが、乗客は乗せないといわれた。もし、それより先に進もうと思えば、歩いて行かなくてはならないのである。

トロッコ列車に乗ってきた乗客は、駅の出口に向かっていく。私が気になったのは、一緒に乗ってきた刑事たちだった。

「ちょっと見てくる」

と、私は、麻美に告げ、刑事たちを探した。

ホームの端のほうまで行くと、そこに小さな人の輪ができていた。制服姿の警官の姿も見える。刑事たちは、その輪の中にいた。

私は、駅員を捕まえて、

「ニュースで知ったのですが、この駅で、若い女性の死体が見つかったらしいですね」

と、きいてみた。

「そうなんですよ。すぐに警察に来てもらいました。ひょっとすると、事件かもしれません」

「事件って、病気や事故じゃないんですか？」

「何やら毒薬を飲んだらしいと、警官がいっていましたね。あるいは、誰かに飲まされたのかもしれません。だとすると事件ですからね。警察も、念入りに調べているようですよ」

と、駅員は、いった。検視が済んだのか、駅の中に倒れていた若い女の死体が、担架で運ばれて行った。

そのあと、私はトロッコ列車を降りたところに戻ったのだが、そこにいるはずの麻美の姿が見えなかった。

私たちと一緒にトロッコ列車に乗ってきた観光客たちは、盛んに写真を撮っている。宇奈月温泉に帰る列車が出るまでの間に、なるべく多く、欅平近くの景色を写真に撮っておきたいのだろう。

若い観光客たちは、死んだ若い女のことなど、気にしていないように見える。

それにしても、麻美はどこに行ってしまったのか？　ホームを探すと、彼女が別の駅員と話をしているのが、目に入った。麻美は、私に気がつくと、駅員に会釈《えしやく》をしてから、私のほうにやって来た。

「この駅で死んでいた女性のことを、きいていたの？」

私が、声をかけた。

「ええ、何だか気になって。どうやら死んでいたのは、東京から来た女性らしいですよ」

と、麻美が、いった。彼女が続けて、

「宇奈月に戻る次のトロッコ列車で、遺体を運ぶようなことをいっていました」

「刑事が何人か来たんだから、これは、おそらく事件ですね。駅員の一人は、毒を飲んで死んだみたいなことをいっていたし」

と、私が、いった。

麻美が聞いてきた通り、宇奈月に戻るトロッコ列車で、遺体が運ばれることになった。その一両は、遺体を運ぶ警察関係者が使用するので、観光客は、ほかの車両に乗るようにというアナウンスがあった。

私と麻美も、同じトロッコ列車で、いったん宇奈月に戻ることにした。欅平でも聞き込みをするつもりだったが、それよりも目の前の事件が、何か白石の失踪《しっそう》と結びついているような気がしたのである。

宇奈月駅に戻ると、先ほどのパトカーや警察車両のほかに、救急車が停まっていて、トロッコ列車で運ばれてきた女性の遺体は、その救急車に乗せられた。二台のパトカーがサイレンを鳴らし、救急車を挟むようにして、宇奈月の街から走り去っていった。

私が、立ち止まって見送っていると、急に肩を叩《たた》かれた。振り向くと、そこに大久保の顔があった。

麻美は、少し離れたところを、旅館に向かって歩いて行く。大久保は、それをちらっと見てから、私を物陰に連れていった。

「君が、ここにいるとは思わなかったな」

と、大久保が、いった。

「君こそ、いったい何をしにここに来たんだ？」

「黒部峡谷鉄道の欅平で、若い女性が死んでいた。それについては、君も知っているはずだ。遺体と一緒に、トロッコ列車で戻ってきたんだからな」

と、大久保は、なぜかきつい顔で、いった。

「これは黒部で起きた事件じゃないか。どうして、東京の新聞記者が、ここに来ているんだ？　昨日は東京にいたんだろう？」

と、私がいうと、大久保は、

「これは発表があるまでは、絶対に黙っていてほしいんだ」

と、断ってから、

「実は、欅平で死んでいたのは、うちの新聞の女性記者なんだよ」

と、いった。

「記者？　何かの取材で、こっちに来ていたのか？」

「それは、今はまだちょっと、いえないんだ。だが、旅行ではなく、取材で来ていたのは間違いない。俺は元々、その応援として今日から派遣されてきたんだ。朝、東京を発《た》って、ここに着いてみたら、その記者が死んだと、きかされたんだ」

この宇奈月で、何が起こっているのだろう。五里霧中の気持ちで私が黙っていると、大久保が言葉を継いだ。

「さっき一緒にいたのは、S大のわれらがマドンナじゃなかったのか？」

「今は白石の奥さんだよ」

「その白石の奥さんが、どうして君と一緒にいるんだ？」

「君は何も教えてくれないんだから、こっちも話せないね」

と、私は、いってやった。

「少し話をしたいんだが」

と、大久保がいう。

私は、麻美に断ってからにしたいと、いった。

「すぐそこのカフェで待っている。俺のことは口に出さずに、彼女を先に帰してから戻ってきてくれ」

　と、大久保が、いう。

　私は、麻美を追いかけていき、

「欅平で死んでいた女性のことを聞いてきますから、少し休んでいてください」

　といって、先に帰してから、大久保の待っているカフェに引き返した。商店街の中にある、洒落たカフェだった。

　私がコーヒーを注文すると、

「彼女には、俺のことは、いわなかっただろうね？」

　と、大久保が、いった。

「もちろん、彼女には話していない。それより、君の社の女性記者が、どうして、この宇奈月に来ていたんだ？」

　と、私が、きいた。

「取材だよ。どんな取材なのか、今は具体的なことは一切いえない」

　と、大久保は、先ほどと同じように切り口上でいってから、

「君だって、昨晩の電話では、麻美さんと一緒だとはいわなかった。どうして、いわなかったんだ？」

「彼女は今、白石の奥さんだ。白石が出張に出かけたまま、なかなか帰ってこない。それで心配になって、一緒に探してくれと頼んできたんだ。私が旅行会社の人間だから、宇奈月温泉や黒部の地理に詳しいと考えたらしい」

「白石は、この宇奈月に来ているのか？」

「それは分からない。彼女も白石がどこに出張に行ったのか、分からないらしいんだ。役所にきいても、何も教えてくれないといっている。ただ、白石は山が好きだから、ここに来ているんじゃないか、そんな当てずっぽうで、ここに来たんだ」

私は、少しばかり嘘をついた。大久保は、怪訝《けげん》そうな顔をした。

「昨日もいったけど、白石は、中国人留学生の件で、手柄を挙げたんだ。内政省を守ったと、もっぱらの評判だ。それで休暇をもらって、旅行に出たというから、心配をする必要がない」

「白石は、どんな功績を上げたんだ？」

と、私が、きいた。

「昨日もいったが、今度の事件は、内政省始まって以来の危機とも、いわれていた。白石は、達者な英語を駆使して、中国側との難しい交渉をやりとげたんだ。だから、今回の事件が終わったら、大臣の側近に抜擢《ばってき》されるんじゃないのかという、そんな話もきこえてきているんだ」

と、大久保が、いった。

「君は昨日の電話で、何かいいかけて、やめたね。中国人留学生の問題以外にも、何か白石が嚙《か》んだ事件があるんじゃないのか？」

私が鎌《かま》をかけると、大久保は、

「それは絶対に、いえないんだ」

と、いった。事実上、認めたようなものだが、詳しいことを話すつもりはないらしい。私は、話の方向を変えることにした。

「白石は、大臣の関係で、役所の中で大いに株を上げた。その役所が、白石の手柄に報いるために、旅行に行かせている。それで、彼女は、少しは安心するかな？」

「そこが、ちょっと分からないんだ」

「どういうことだ？」

「麻美さんだって、今、俺が話したくらいのことは、当然、全部知っているはずだ。そうだとしたら、心配して白石を探すようなことを考えるはずはないんだがね」

と、大久保は、いうのだ。

「君も、なにかおかしいと思っているんじゃないのか」

と、私は、いうと、大久保もかすかにうなずいた。

「確証はないが、第一、白石のほうから、彼女に連絡がいっていないというのは、おかしいじゃないか。今もいったように、論功行賞で休暇をもらって旅行しているのなら、連絡をしない理由はないだろう」

「そうなると、いったい、どういうことになるんだ？」

「彼女が嘘をついているか、それとも、何か理由があって、白石が彼女に連絡しないのか、どちらかだな」

中国人留学生の事件は、内々に決着しているというなら、それに関係して、白石が失踪したり、記者が殺されたりはしないだろう。大久保は何か知っているようだが、今のところ、口を割る様子はない。

「記者の事件は、どうなっているんだろう」

と、私がいうと、大久保は、

「ちょっと待ってくれ。聞いてくる」

と、いって、テーブルを離れ、どこかに電話していた。戻ってきた大久保は、

「今、遺体は、大学病院に向かっているそうだ。死因は毒殺だと見られているから、司法解剖になるだろうな。警察は、他殺と自殺の両面から調べるといっているが、彼

女が取材のために来ていたことは間違いない。だから、彼女が自殺するはずはないんだ」

と、少し怒ったような顔で、いった。

第二章 特別捜査

1

朝、出勤するとすぐ、十津川《とつがわ》は、三上《みかみ》刑事部長に呼ばれて、

「亀井《かめい》刑事と二人で、すぐに、黒部に行ってもらいたい」

と、いきなり、いわれた。

「黒部というと、黒部ダムですか？」

十津川が聞き返すと、三上が笑って、

「富山県黒部市だよ。そこの、黒部警察署に行ってもらいたいんだ」

と、いう。

「私は黒部というと、黒部ダムしか思い浮かばないのですが」

「私も同じだ。改めて黒部市について調べてみたら、なかなか大きな都市だということが分かったよ。北は日本海に面し、中央に宇奈月温泉、南は黒部川の源流までだ」

「宇奈月温泉なら、何年か前に行ったことがあります」

「宇奈月温泉には、新幹線の駅もあるね。人口も、四万人を超えている」

「しかし、なぜ私が、黒部警察署に行かなくてはいけないのですか？　なにかの事件の合同捜査ですか？」

「黒部市で殺人事件が起きたのは知っているね？　その事件の捜査本部が黒部警察署に置かれ、富山県警が捜査をしている」

「たしか黒部峡谷鉄道の終点の欅平駅で、女性の新聞記者が殺された事件ですね、その事件の関連ですか？」

と、十津川が、きいた。

「その通りだよ。被害者の名前は、川野《かわの》ゆき。中央新聞の女性記者だ。君はたしか、中央新聞に友人がいるんじゃなかったかね？」

「はい。おります。田島《たじま》という大学時代の同窓生が、社会部の記者として、中央新聞で働いています」

「中央新聞の記者は、何者かに毒殺されたらしい。その線で、捜査に当たっている」

「それは分かりましたが、どうして、その殺人事件が、われわれ警視庁に、関係してくるんですか？」

「君は、大河原《おおかわら》内政大臣が、問題を起こしたことは知っているね？」

急に、三上刑事部長が、話題を変えた。

「もちろん知っています」

と、十津川は、うなずく。

大河原大臣は、保守党の若手のホープだった。現在四十九歳という若さで、内政大臣に抜擢《ばってき》された。爽《さわ》やかな笑顔で、女性にも人気があり、将来の総理大臣を約束されているとまでいわれている。ただ、女性関係でどうにも脇《わき》が甘いとも、いわれていた。

実際、大河原大臣に、中国人の女性留学生とのスキャンダルが持ち上がった。要人の娘だったこともあって、週刊誌の報道で火がついて、国会でも取り上げられた。しかし、野党の追及が尻切《しりき》れトンボだったこともあり、ほぼ終息したと見られていた。

しかし、これだけではなかった。大河原大臣には、水面下で、さらなる醜聞がささやかれていた。以前から交際の噂《うわさ》のあった女優、木村弥生《きむらやよい》、三十五歳が、五月五日に、都心のホテルで殺された。その捜査線上に、大河原大臣の名前が浮上したのである。大河原が深夜ひとりで、木村弥生の泊っているホテルに入っていくのを見たという目撃情報がもたらされたのだ。

政治的判断から、大河原への容疑は公表されなかったが、警察はひそかに大河原と接触して、事情聴取をおこなっていた。その時、都心で目撃されたという時間には、奥多摩の別邸にいたと、大河原はアリバイを主張した。内政省の若手官僚と会って、朝までずっと、今後の日本の政治について議論していたというのだ。

その若き官僚というのは、現在秘書課に勤務する課長補佐の白石文彦、三十歳だった。白石は、かねてから尊敬する大河原に会うため、奥多摩の大河原の別邸を訪ねて、夜を徹して議論を戦わしたと証言した。普段、役所では、大臣と若手官僚がじっくり話す機会がない。だから、祝日の夜に訪ねていったというのだ。

白石は、その夜、スマホで撮影したツーショット写真を、何枚も警察に証拠として提出した。警視庁は、この写真と白石の証言から、大河原のアリバイを認めざるを得なかった。

こうして、大河原への容疑は闇《やみ》に葬《ほうむ》られ、木村弥生殺しは、今も未解決のままだった。もちろん、十津川は、こうした経緯を知っていた。

「たしか白石文彦課長補佐は、中国人留学生の問題でも、大河原大臣の身代わりのようにして、難しい交渉に当たったのではなかったですか。その功績で、ずいぶん大臣から信頼されていると聞きました」

「その論功行賞で、今、白石課長補佐は特別に休暇をもらって、旅行しているらしい。いや、休暇ではなく、公式には出張だと、内政省は説明しているがね。しかし、肝心の彼の行き先が分からないんだ。白石課長補佐は、学生の頃から旅行が好きで、これといった計画を立てずに、気ままに旅をするのが好きらしい。ただ、白石課長補佐は結婚しているのに、奥さんにも、行先を教えていないというんだ。ご主人の行方が分からなくて、奥さんは、ずいぶん心配しているようだね」

「それが、川野ゆきの事件と、関係しているのですか」

「その通りだ。正直、錯綜《さくそう》しているんだよ。白石課長補佐は、公式には出張だというんだが、内政省では出張先を明らかにしていない。そうした内政省の曖昧《あいまい》な対応を怪しんだ中央新聞は、女性記者の川野ゆきを派遣して、白石課長補佐の足跡を追っていたようだ。木村弥生の事件との関係も、どこからか聞きつけて、疑っていたんだろう。その川野ゆきが、黒部峡谷鉄道の終点、欅平駅で殺されたんだ」

「事情は分かりました」

「司法解剖の結果、毒物を飲んでいることが分かったので、殺人の可能性が濃厚と考え、富山県警が捜査を開始した。この亡《な》くなった川野ゆきという女性記者だが、すでに大河原大臣との関係で、さまざまな噂が流れている」

と、三上が、いった。

「セクハラの噂ですか？」

と、十津川が聞いた。

「いや、そういうことではないらしい。この女性記者は、内政省関係の特ダネを、何度か新聞に載せている。それで、大河原大臣と何かあるんじゃないのか、二人の間に特別な関係ができているんじゃないのかという噂が流れていたんだ」

「大河原大臣というのは、掘れば掘るだけ、女性問題がありそうですね。しかし、大河原大臣は独身じゃなかったですか。川野という女性記者も独身なら、取材方法に問題ありという人もいるかもしれませんが、男女関係としては、問題はないのではありませんか？」

と、十津川がいうと、三上は眉《まゆ》をひそめて、

「大河原大臣は、たしかに現在独身だ。一度結婚していたが、離婚したからね。とこ

ろが最近、佐藤《さとう》総理大臣の長女である、佐藤香織《かおり》と婚約したといわれているんだ。それで話が、少々ややこしいことになっている」

「それは知りませんでした。本当なんですか？」

「間違いないよ。相手の大河原内政大臣が、立て続けに事件に絡《から》んでいるので、公《おおやけ》には発表せず、内密に婚約したといわれている。そうなると、大河原大臣と、黒部で殺された川野ゆきという女性記者との関係が、問題になってくる。大河原大臣は、川野記者との関係を、強い口調で否定したらしいが、噂は消えていない。それで、ここにきて、佐藤内閣の官房長官が、内調に詰めている警察庁のキャリアを通じて、警視庁に情報収集を依頼してきたんだ。捜査の主力は富山県警本部だが、内密に警視庁も調べておいてくれないかと、いってきたわけだ。いざ大河原大臣と事件との関係が浮上してきたら、すぐに手を打ちたいというわけだよ」

三上の話が納得できたわけではなかったが、十津川は、ひとまずうなずいた。

「分かりました。それで私は、何をしたらいいのですか？」

「うちの総監も、官房長官の要望は無視できないので、内密に富山県警本部と連携して、今度の事件を捜査することに決まった。それで、君と亀井刑事に、黒部市に行ってもらいたいんだ。あくまでも、内密の捜査だということを忘れないでほしい。もちろん、富山県警本部にも、このことは伝達されているから、向こうも心得ているはずだ」

三上は、内密にという言葉を、何度も口にした。

2

十津川は、黒部警察署に行く前に、大学時代の同窓で、現在、中央新聞の社会部記者をやっている田島に会って、今回の事件について、話を聞いておくことにした。

新聞社の近くの天ぷら屋で、十津川は田島に会った。田島と会うのも久しぶりである。亀井刑事を連れていかず、一人で会ったのは、今回の事件について、警視庁が捜査を始めることを、田島にも知られたくはなかったからである。

十津川は、田島に会うなり、

「実は、富山県警本部に友人がいるんだ。以前、東京と富山とで、合同捜査になった殺人事件があってね。その時に親しくなった若手の警部なんだ。その警部が、今回黒部市で起きた殺人事件を担当することになった。君のところの女性記者が殺された、例の事件だよ」

と、わざと先廻りして、いった。

「その事件なら、もちろん知っている。うちの女性記者が、黒部峡谷鉄道の欅平駅で、何者かに毒殺されたんだ」

と、田島が、いった。

「君は取材に行かないのか？」

「行かないよ。現在、私は、別の事件の取材に関わっているんだ。黒部の方は、うちの大久保という記者が行っているから、私には、欅平の事件を追えという指示は出ていない」

「それで、私が親しくなった富山県警本部の若手の警部なんだが、彼は中央新聞のこともよく知らないし、女性記者が、なぜ欅平に来ていたのかも、分からないというんだ。彼女が東京の新聞の記者と分かったので、私に電話をしてきて、彼女がなぜ黒部市に来ていたのかを調べて、何か分かったら教えてくれといってきたんだ。それで、君に話を聞きたくてね。同じ中央新聞の記者なんだから、その辺りは、よく知っているんじゃないかと思ったんだ」

と、十津川は、いった。

今の説明で、田島が納得したかどうかは分からない。しかし、十津川が心配するまでもなく、田島は、自分と同じ新聞社に勤める女性記者が被害者ということで、熱心に話し始めた。

「第三次佐藤内閣で、内政大臣になった大河原を知っているだろう。四十九歳の若さで、頭が切れるし、演説もうまい。それにイケメンなので、女性に人気がある。将来の総理大臣候補ともいわれているほどだ。殺された川野ゆきは、この大河原に食い込んでいたらしいんだ」

「特別な関係があったのではないかという噂まで流れたそうだね」

「それは、やっかみに近い噂だと思うが、大河原の女性関係が派手なのは事実だ。例の中国人留学生の件もあっただろう？　あの一件で、うまく事を収めたのが、内政省の白石文彦課長補佐だ。その功績が認められて、白石は、特別に出張扱いで旅行に出たといわれている。この白石に、また別の事件との関わりが聞こえてきたんだよ。それも、大河原大臣と女性に絡んだ事件なんだ」

といって、田島は、十津川の表情をうかがってきた。木村弥生の事件をいっているのだろうが、十津川は、無表情を装《よそお》って、先を促した。田島は、分かったというように、にやりと笑って、話を続けた。

「この白石が、現在、行方不明なんだ。内政省は出張だというんだが、行先を明らかにしないんだ。しかし、新聞社としては、何とか彼をつかまえて単独取材をしたい。うちの新聞も、白石課長補佐がどこにいるのか知りたくて、いろいろと調べていたんだ。すると、どうやら宇奈月温泉に行ったのではないかという話が聞こえてきた。この情報をつかんできたのも、川野ゆきだったから、あるいは大河原大臣のあたりから聞こえてきたのかもしれない。それで、川野ゆきを宇奈月温泉に派遣したんだ」

「その川野記者が欅平で殺されたのか。君は、この事件をどう見ているのか、教えてくれないか」

「もともと川野の応援として派遣された大久保という記者が、事件直後に宇奈月に着いて、取材に当たっている。富山県警は殺人事件と事実上断定して、捜査に乗り出しているんだ。そんな捜査状況や写真などを、大久保記者が本社に送ってきている。他社に比べて、一歩先行しているんだが、肝心の白石課長補佐は、まだ見つけていないんだ。彼を見つければ、川野の事件の手がかりも得られるのではないか、と思っているんだがね」

「中央新聞は、欅平の殺人事件に、内政省の白石課長補佐が関係していると見ているのか？」

と、十津川が、きいた。

「今のところは、何ともいえない。新聞記者の本能としては、偶然とは思えないんだが、現地にいる大久保記者の話によれば、現場周辺で、白石課長補佐の足跡は、何も見つかっていないようだ」

「大河原大臣と佐藤総理大臣の長女が婚約したというのは、本当の話なのか？」

「そのことに関しては、複数で裏を取ったので間違いないよ。大河原がいろいろなスキャンダルをうまく逃げ切れたら、来年の四月頃に結婚式を挙げるだろうといわれている。佐藤総理も大河原大臣も、スッキリとした気分で、結婚式を挙げたいと望んでいるはずだ」

と、田島が、いった。

「君は、川野ゆきという女性記者とは親しかったのか？」

と、十津川が、きいた。

「同じ新聞社だから、話したこともあれば、一緒に飲んだこともある。しかし、それほど親しいというわけじゃない。特にプライベートは全く知らないんだ」

「川野ゆきは、優秀な記者なのか？」

「一人であれだけ特ダネをつかんできたんだから、優秀な記者であることは間違いないよ。ただ、今度の事件については、少し心配しているんだ」

「大河原大臣との関係があるからか？」

「そんな関係はなかったと信じているが、ひょっとして、川野記者と大河原大臣、そして佐藤総理の長女との間で、何か三角関係によるトラブルがあったのだとしたら、大変なことになる。日本の政界とマスコミを揺るがすような事件に発展する可能性も出てくるからね」

「そういうことになったら、君も富山に行くのか？」

「ああ、その時は、たぶん行くことになると思う」

と、田島がうなずいた。

食事の後、新宿で少し飲んでから、十津川は、警視庁に戻った。

黒部に同行する亀井刑事に、今回の捜査の目的を話し、欅平で起きた殺人事件については、田島記者から聞いた話を伝えた。

「佐藤内閣を巻き込んだスキャンダルに発展する可能性まで、ありそうなんですね？」

と、亀井が聞いてくる。

「ああ、その、恐れがあるから、くれぐれも内密にといわれているんだ。大河原大臣は、佐藤総理の秘蔵《ひぞ》っ子《こ》で、来年には義理の息子になるかもしれないんだからね」

「ただし、我々が追うのは、川野ゆきの事件なんですね」

「そうだ。これが欅平で殺された川野ゆきの写真だ」

十津川は、二枚の写真を、亀井に見せた。顔写真と、全身を撮った写真である。

「美人ですね」

と、亀井は続けて、

「それに、スタイルもいい。誰からも好かれそうな人ですね。彼女は、大河原大臣の取材などもやっていたんでしょう？」

「その通りだが、問題は、彼女と大河原大臣が、どんな関係にあったのかということなんだ。川野記者は何回か、内政省に関する特ダネをつかんでいる。それが、彼女が大河原大臣と関係があったからだとすれば、大問題になってくる」

3

翌日、十津川と亀井の二人は、北陸新幹線で黒部市に向かった。

黒部宇奈月温泉駅で降りた。北陸新幹線が延伸したことによって、終点の金沢や富山は、観光客を大きく増やしたというが、その途中にある黒部宇奈月温泉駅は、どこか閑散としていた。

駅そのものは、大きくて立派である。しかし、今のところ、ここで降りる人は、富山と金沢に比べると、格段に少ない。

二人が改札を出ると、そこに富山県警の小野《おの》という若い警部が、警察車両で迎えに来ていた。

小野は、自ら運転してきたという警察車両で、黒部警察署まで案内してくれるという。

「こちらの捜査は、どんな具合になっていますか？」

と、十津川が、きいた。

「今のところ、捜査は難航しています。容疑者は浮かんできていません」

小野が、率直にいった。

「女性記者が死んでいたのは、黒部峡谷鉄道の終点、欅平駅のホームなんでしょう？」

と、亀井刑事がきく。

「そうです」

「それなら、捜査はしやすいのではないかと思うのですが」

「私たちも、そう考えていたのです。欅平には、車では行けないので、トロッコ列車に乗るしかありません。実際、被害者の川野ゆきも、事件当日の始発のトロッコ列車に乗ったことが分かっています。とすれば、犯人も同じ列車に乗って、欅平に行ったか、あるいは前日から欅平付近の温泉に泊まっていたか、そのどちらかしか考えられないのです。そして、犯行後は、またトロッコ列車で宇奈月温泉に戻ってくるか、欅平周辺に潜伏するか、どちらかしかありません」

「それなら、やはり容疑者が見つかりそうですね」

と、亀井がいうと、小野は、悔しそうに首を横に振った。

「欅平行きの始発の乗客をしらみつぶしに当たったのですが、怪しい人物は浮かんできませんでした。空席があれば、乗車券は、予約なしに現金でも買えるので、残念ながら記録が残っていない乗客もいるのかもしれません。事件の発覚後は、宇奈月駅に戻ってきた乗客の身元も確認しましたが、身元を偽っているような人間はいませんでした。もちろん、途中駅や欅平周辺の温泉も調べていますが、こちらも今のところ空振りです」

「欅平の先まで、観光客は行けるのではありませんか？　そんな光景を、ニュース番組で見たことがあるのですが」

と、十津川が、いった。

「たしかに、欅平の先まで行くことは可能です。電力会社の専用鉄道があって、それに乗れば、黒部ダムまで行くことができるのです。しかし、この鉄道は一般公開されていないので、黒部ルート見学会というイベントに応募して、抽選で当選しないと乗れないんです。だから、欅平で降りた乗客は、周辺の景色を眺めたり、温泉に入ったりして、行きに乗った黒部峡谷鉄道、いわゆるトロッコ列車で、宇奈月温泉に引き返すことしかできません」

と、小野警部が、いった。

「黒部峡谷鉄道の欅平からは、普段は黒部ダムに行けないのですね」

「そうです。黒部市だから、黒部ダムは近いと思われる方が多いのですが、トロッコ列車では欅平までしか行けません。一般の方が黒部ダムに行くには、富山県側からは立山町から、長野県側からは、信濃大町《しなのおおまち》を経て扇沢《おうぎざわ》から行くしかありません。この立山町と扇沢を結ぶルートを、立山黒部アルペンルートと呼びます」

十津川は、欅平から先も行けるものだと思っていた。

「徒歩でも、無理なのですか？」

と、亀井が、きく。

「無理ですね。欅平から黒部ダムまでは、徒歩で行くとすると二日かかります。『水平歩道』と呼ばれる、欅平からの登山道は、雪解けを待って補修と整備をするので、七月中旬か下旬にならないと通行できません。それも、仙人谷までです。仙人谷から黒部ダムまでの登山道は、さらに雪深いので、毎年八月下旬か九月上旬から一カ月間しか通れません」

そういった話をしているうちに、警察車両は、捜査本部の置かれた黒部警察署に着いた。

まず署長に挨拶《あいさつ》をし、その日の夕方の捜査会議に、十津川と亀井も出席した。

小野警部も、もちろん出席している。これからは、この若い警部と十津川と亀井とで、一緒に捜査をすることになるだろう。

十津川はまず、三上刑事部長から聞いた話、中央新聞の田島記者から聞いた話を、県警の刑事たちに伝えた。こちらに派遣されてきた理由の説明でもあった。ただ、大河原大臣や白石課長補佐に関する部分は、政治が絡んでくるので、すべてをストレートに話すことはできないと、十津川は思った。

「今回の事件に絡んで、さまざまな噂が流れているので、捜査は慎重におこなってほしい。これは、官房長官からの要請でもあります」

その後、十津川は、こちらに来て一番知りたいことについて、話した。

「何よりも早く知りたいのは、殺された川野記者が、何のために、この黒部市に来て、ここで何をつかんだのかということなのです。それが分かれば、今回の事件も解決に向かうと、期待しているのです」

署長が、小野警部を指名して、十津川の質問に答えさせた。

「こちらには、川野ゆきと同じ中央新聞から、大久保という男性記者が来ています。その大久保記者に、今、十津川警部が提起されたのと同じ質問を、ぶつけてみました。大久保記者の答えは、こうでした。たしかに、ある人物を川野記者は探していたが、誰を探していたのかについては、今はいえない、と。しかし、こちらは大体の想像がつきました」

「どんな想像ですか？」

「十津川さんも同じでしょう？　想像がついているのではありませんか？」

と、署長が、いった。

「そうですね。川野記者が探していたのは、間違いなく白石文彦という内政省の課長補佐だったと思います。他には考えられません」

と、十津川が、いった。

小野警部が、さらに言葉を続けた。

「われわれ黒部警察署も富山県警も、問題の白石課長補佐の行方を、現在、必死になって探しています。彼が見つかれば、今回の殺人事件も、解決に向かうだろうと思っているからです。しかし、今のところ、白石課長補佐は見つかっていませんし、足取りさえもつかんでいません」

「それでも、白石課長補佐が、この黒部市に来ているという確信は変わりませんか？」

と、十津川が、きいた。

この質問には、署長が答えた。

「一口に黒部といっても、黒部ダムから宇奈月温泉と、並みの広さではありません。しかも険しい山々と雪で、移動が容易ではない。夏に入れば、観光客は何倍にも増えていきます。この広大さと、観光客の多さの中で、白石課長補佐を探すことは、決して容易ではありませんが、われわれは、彼が黒部・宇奈月周辺に来ていることは間違いないと思っています。一日も早く、彼を探し出したいと考えています」

捜査会議の後、十津川は、亀井と小野警部の三人だけで、今後の捜査について話し合った。

「十津川さんに、教えていただきたいことがあるのですが」

と、小野警部が、いった。

「内政省の白石課長補佐ですが、出張ということになっていますが、行方が分かっていませんよね。宇奈月周辺に来ているのではないかという情報もありますが、山好きなら、もしかしたら、立山連峰に行っているのかもしれません。いずれにしても、これは単なる出張や旅行ではないのではないか。大河原大臣の指示が、どこかで働いているのではないか。私は、そんな気がしてならないのですが、十津川さんは、どうお考えですか？」

何もかも知りたいという、いかにも若い警部らしい質問だった。

「噂では、大河原大臣を助けた功労だといわれています。しかし、行き先を奥さんにも知らせずに出ていることを考えると、白石課長補佐が東京にいて、内政省に出勤していれば、ではないかとも考えられます。白石課長補佐が東京にいて、内政省に出勤していれば、いつかは新聞記者に直撃される。誰も事件に関心がなくなるまで、姿を隠しているようにと、指示されたのかもしれません」

と、十津川も、正面から答えた。

「その点は、私も同感です。普通の出張だったら、すぐに見つかるはずですから。ここまで見つからないのは、彼が意識的に姿を隠しているためだと思います」
「しかし、内政省としては、大臣の命令で、意識的に身を隠したと、あからさまにいうわけにはいきませんね。だから、こんな奇妙なことになっている。私にも、そうとしか考えられません」

4

その日のうちに、十津川たちは、黒部警察署から宇奈月温泉まで移動し、翌朝早く、黒部峡谷鉄道の宇奈月駅から欅平駅まで、トロッコ列車に乗った。十津川と亀井は、以前に一度乗ったことがあった。そのときも、もちろん事件の捜査だったが、トロッコ列車が走り出すと、いきなり深い原生林の中に飛び込んだような爽快《そうかい》さがあった。

今日も列車は、観光客で満員だった。

何年か前のことは、ほとんど忘れてしまっている。たとえば、宇奈月駅から終点の欅平駅まで約二十キロ、時間にして一時間二十分ほどの旅であること。客車も、オープン型の普通客車、リラックス客車、特別客車と三種類あること。そんな記憶が、駅でトロッコ列車を待つうちに蘇《よみがえ》ってきた。

発車を待っている間に、亀井は、列車にトイレがないことを思い出して、慌《あわ》てて洗面所に走った。亀井が戻ってきて、席に座るとすぐに、トロッコ列車は宇奈月駅を発車した。観光客だけでなく、黒部峡谷鉄道には、ダムや水力発電所に携わる人間も乗ってくる。

改めて、小さな電車であることを、十津川は実感した。急峻《きゅうしゅん》な道を、力強く登っていく。

宇奈月駅を発車すると、途中は二つの駅に停車しただけで、終点の欅平駅に向かう。高い鉄橋の上を走り、黒部川に沿って走る。何度もトンネルをくぐり、隣を走る黒部川の深い谷底を覗《のぞ》くこともある。

車内アナウンスの説明によると、このあたりの地盤は花崗岩《かこうがん》から成っていて、そのために、水が綺麗《きれい》で透明度が高いのだという。乗客たちは、身を乗り出すようにして、その深い谷底を、じっと見つめている。列車は、途中の駅で乗客が乗り降りすることもなく、やがて終点の欅平に到着した。

十津川は、トロッコ列車を降りながら、この山深い場所にも、人の営みがあることに感動していた。冬は雪が深く、目の前の力強いトロッコ列車でさえも運休する。しかし、ダムや水力発電所は、保守点検が必要だから、冬期歩道と呼ばれるトンネル道を、ひたすら歩いて行き来するという。宇奈月温泉から欅平まで、列車なら一時間二十分の行程が、徒歩だと六時間。そうした人々の見えない努力が、この土地に刻まれているように感じたのだった。

乗客たちには欅平が終点だから、後は宇奈月温泉まで戻るしかない。それでも欅平駅の周辺には、人々を楽しませるような温泉や渓谷があって、時間を忘れることが出来る。駅にはレストランがあり、目の前には「欅平ビジターセンター」があり、周辺の案内が出ていた。川沿いに足を延ばせば、イワナの塩焼きの匂《にお》いもするし、川のせせらぎも聞こえ、十津川は一時、捜査で来ていることを忘れた。

緑の景色を見ながら入れる足湯もあった。深い谷を流れる黒部川。欅平まで来ると、その川幅が狭くなって、猿なら飛び越えることができる場所があるという。猿飛峡《さるとびきょう》と名付けられていた。

黒部川に架かる、高さ三十四メートルの赤く塗られた鉄橋もある。

欅平駅の近くには、こぢんまりした旅館もあった。

「事件の関係者が、この旅館に泊っていることは考えられませんか？」

亀井刑事が、きいた。

「われわれもそれを考えて、宿泊者名簿を見せてもらいました。白石課長補佐の写真を、女将さんに見てもらって、この人が泊らなかったかと聞いたのですが、どうやら事件の関係者は泊っていないようです」

と、小野警部が、いった。

欅平駅の周辺には、他にも温泉があったが、宿泊できるのは、この旅館だけのようだった。

三人は、殺された川野ゆき記者や、内政省の白石課長補佐が立ち寄っていなかったかどうかを改めて確認しながら、欅平駅周辺を回って歩いたのだが、川野や白石の足取りを辿《たど》ることはできなかった。

そうこうするうちに、トロッコ列車の最終が迫ってきた。十津川たちは、先ほどの旅館に泊まることにした。夜、そして早朝の欅平の様子を、確認しておきたかったのである。

夕食の時、三人の話題は、自然に昼間の捜査に向かった。県警の小野警部は、明らかに落胆している様子で、

「ここには何回か来て、いろいろと調べたのですが、今回も関係者の名前は聞けませんでした」

と、いう。

「欅平駅で殺された川野ゆきの名前は、どうですか？　彼女は、殺された日に初めて欅平に来たのでしょうか」

「何度か、来ているようです。彼女の同僚の大久保記者によると、川野ゆきは、欅平の旅館に泊まったことはないようですね。宇奈月温泉からトロッコ列車で、ここにやって来て、旅館などを聞き廻ってから、その日のうちに、宇奈月温泉に戻るということを繰り返していたようです。そのあと、もう一度、欅平に来てみたら、殺されてしまったということになります」

と、小野警部が、悔しそうに、いった。

「犯人が、川野ゆきを待ち伏せしていたのか、それとも落ち合う約束をしていたのか。そこが知りたいですね」

十津川も、もどかしい思いに駆られていた。

夕食には、黒部の名物だというイワナ山菜定食を楽しんだが、翌朝になると、やはりトロッコ列車で、宇奈月温泉に戻るほかはなかった。

亀井が、

「あれだけシラミ潰《つぶ》しに捜査したのに何も手がかりがないとは、どうも不気味ですね」

と呟《つぶや》いた。

5

宇奈月温泉では、県警と黒部署の刑事たちが手分けして、周辺にある全《すべ》ての旅館とホテルを回り、白石文彦課長補佐が宿泊していないかを調べていた。

しかし、白石が宇奈月温泉に泊ったという情報は出て来なかった。

ただ、その中の一軒の旅館に、中央新聞の大久保記者が泊っていることが分かったので、十津川は喫茶店でコーヒーを飲みながら、情報交換をしようと申し出た。大久保記者も同意し、十津川の向かいの席についた。

十津川が知りたかったのは、殺された川野ゆきが、何の目的で宇奈月温泉に来て、欅平までトロッコ列車で行ったのかということだった。

「やはり、白石文彦課長補佐を探して、宇奈月まで来たということに間違いはないのですか？」

十津川が、大久保記者にきいた。

「彼女が死んでしまったので、隠すこともないでしょう。十津川さんがいった通りで、何とかして白石課長補佐を見つけたかったんですよ。白石を見つけ、話を聞いて、うちの新聞で、独占記事にするつもりでした。白石課長補佐は、論功行賞で、特別扱いの出張が与えられたといわれていますが、それは例の中国人留学生の一件だけによるのかどうか。どうもそれだけではなく、しばらくどこかに身を隠していろと命ぜられたように思えるのです。あの一件は、もう落着したようなものですから、今更、身を隠す必要はない。この真相を突き止めるために、こっちは何とかして本人を見つけ出して、特ダネにしたかったんですよ。まさか、川野ゆきが、殺されてしまうとは思っていませんでした」

大久保が、残念そうな顔で、いった。

「それで、もう一つのほうは、どうなんですか？」

亀井刑事が、きいた。

「もう一つのほうって、何のことでしょうか？」

大久保が、ききかえす。

「殺された女性記者と、大河原大臣との関係ですよ。関係があったという噂は、今でも消えてないでしょう？　本当はどうなのです？　二人の間には、関係があったんですね？」

亀井刑事が、断定するかのように、きいた。

「それは、川野ゆきのプライバシーに関することですから、私の口からは、お答えできませんね」

大久保が、いった。

「中央新聞が、彼女に大河原大臣を担当させていたことは、間違いないんでしょう？」

今度は、十津川が、きいた。

「その点は、イエスです。調べれば、すぐにわかることですし」

「どうして、彼女を大河原大臣の担当にしたんですか？」

「大河原大臣が、女好きだということは、有名でしたからね。川野記者も、なかなかの美人で、魅力がありますから、彼女に担当させれば、大河原大臣がいろいろ喋《しゃべ》って、特ダネが取れるんじゃないかと考えたんです。想像通り、たしかに何件か面白い話を聞けましたが、まさか、彼女が殺されるとは考えませんでした」

と、大久保が、いう。

「川野記者が殺された理由は、どう考えていますか？」

「常識的に考えれば、彼女がつかんだニュースが、ある人間にとっては、致命傷になりかねないものだった。そんなところだと思っているんですが」

「自信がない？」

「何のことです？」

「あなたの喋り方ですよ。新聞記者というのは、もっと断定的に喋ると思っていたんですが、妙にあいまいないい方なので、驚いているんです。仲間の死についても、いまだに信じられないみたいですね」

と、十津川は、田島記者のことを思い出しながら、いった。

「そう見えますか」

と、大久保は、小さく笑って、

「実は、白石は、僕の大学の同級生なんですよ。彼の栄達を喜んでいたら、大臣のスキャンダルに関わって雲隠れしたのではないかというし、今度は、その白石を追っていた、同じ新聞社の女性記者が殺されてしまった。正直、どう判断していいのか、わからなくなってしまって」

「なるほど、そういう事情があったのですね」

と、亀井がいった。大久保は、

「今回の事件というか、出来事は、全て曖昧模糊《あいまいもこ》としているじゃないですか。内政省の大臣のスキャンダルにしても、水掛け論に終わってしまいました。その大臣が、殺人事件に関係しているのではないかという話も伝わってきていますが、これもまだ、とても新聞が書けるような段階ではない。これらの事件に絡んでいるエリート官僚の行方が分からないことだって、休暇という人もいれば、功労賞的な出張だという人もいるし、しばらく姿を隠せと命じられたんだという声もあります。どれもこれも、事実なら大変なスキャンダルですが、どれもこれも証拠がなくて、事件かどうかさえ、ハッキリしない。手を伸ばすと、真実が逆に遠ざかってしまう感じなんですよ。魚津の蜃《しん》気《き》楼《ろう》みたいにね」

「しかし、川野ゆきの事件については、殺人であると考えているのでしょう？」

と、十津川が、あえてきいた。

「若いし、張り切っていましたからね。自殺するとは思えません。自殺するような精神状態だったら、そもそも取材で出張なんかしないでしょうね」

「それなら、殺人ですよ」

十津川が、大久保に代わって断定した。

「警察も、殺人と見ているんですか？」

「黒部警察署に捜査本部が設けられました。これから富山県警本部が記者に発表するところですがね」

「そうですか。それなら少し気持ちの整理がつきます。彼女の死が、殺人によるものだと分かりましたから」

と、大久保は小さく肯《うなず》いてから、急に記者の眼になって、

「十津川さんは、警視庁の刑事でしょう。それがどうして宇奈月温泉に来ているんですか？　合同捜査ですか？」

と、きいた。

「そうです。被害者の記者さんが、東京の人間ですからね」

「それは、信じられませんね。記者の住所が東京というだけで、合同捜査はしないでしょう？　捜査協力がせいぜいのはずです。しかも、二人も、こちらに来ているじゃありませんか」

と、大久保は食い下がってきた。

「コーラを飲みませんか」

と、十津川がいった。

「どうしてですか」

「急に炭酸系が飲みたくなったんです」

「それなら、私もコーラを飲みますよ」

「じゃあ、コーラ二杯」

と、十津川は注文した。

コーラに口をつけると、大久保も少し落ち着いてきたようだった。それを見て、十津川は、

「私も、最近のごたごたが、はっきり分からないんですよ。分からないままに黒部に来たんですが、中央新聞は、私より先に黒部に来ていたんでしょう。何のために黒部に来たのか、教えて下さい」

「警視庁も、何かあるから、黒部に来たんでしょう？　それを教えてくれませんか。ギブ・アンド・テイクで行きたいですね。だから誘ってくれたんでしょう？」

大久保は、すっかり元気になってしまった。

十津川は、少し考えてから、

「いいでしょう。助け合わなければならないのかもしれません。といっても、警察にも、たいした情報は入っていませんが」

「実は、社に、投げ込みの手紙があったんです」

と、いきなり大久保がいった。

「投げ込み、ですか？」

「これです」

大久保は、内ポケットから、そのコピーを取り出して、十津川に渡した。

封筒の表面と裏面も、コピーされていた。切手は貼《は》ってないことが、コピーからも分かる。文字通り、投げ込まれたのだという。

宛名《あてな》は「中央新聞社会部御中」になっていた。もちろん、差出人の名前はない。

「読んでいいのですか？」

「構いません。もう、こうなっては、うちだけで、しまい込んでいるわけには行きませんから」

と、いう。

十津川は、コピーをめくった。

便箋《びんせん》らしい用紙に、パソコンで打たれた文字が並んでいる。

最近、政財界の腐敗は眼に余る。加えて、官界まで堕落した。ジャーナリズムも眼を覚まさない。黒部・宇奈月に行けば、それがハッキリ分かるはずだ。

日本の堕落を憂《うれ》える者

それだけだった。

「これを信じて、中央新聞は記者を、この黒部・宇奈月に寄越したんですか？」

「その名前の下に、赤い指紋のような染《し》みがあるでしょう。それを調べたら、血判だったんです。これはコピーだから分かりませんが、朱肉ではなく、誰かの血で押印《おういん》しているのです」

「血判ぐらい、簡単ですよ」

「いえ、本気でなければできません。切れる刃物で指に傷をつけ、それで判を押す必要があるんですから。今どき、そんなことをする人間は、そうそういません」

と、大久保が、いった。十津川が、

「この投書が来たから、川野記者を派遣したのですか？」

ときくと、大久保は首を横に振った。

「川野は、この投書が来る前に、どこからか情報をつかんできたんです。白石課長補佐が、この黒部・宇奈月周辺にいるという情報です。それで、いろいろと動いているうちに、この手紙が届いたので、社として、私を応援に出したわけです」

「川野記者は、最初にどこから情報を得たのでしょうか？」

「それは、彼女が伏せていましたから、正確なところは分かりません。ただ、彼女の取材源を考えると、大河原大臣の周辺だったかもしれません」

「それなら、この投書は、彼女を誘い出すための手紙じゃありませんね」

「約束ですから、今度は警視庁が、なぜわざわざ黒部に来たか、教えて下さい」

と、大久保が、いった。

「正直にいうと、私にも分からないのですよ。ただ、刑事部長の命令で、来ただけです。これは私の想像ですが、もっとずっと上の方で、黒部に刑事を行かせることを決めたんだと思いますね」

十津川は、わざと、ぼかしたいい方をしたが、大久保は納得しなかった。

「女性記者が死んだくらいで、わざわざ黒部に刑事を二人も寄越さないでしょう？」

「新聞は、そう考えるんですね」

と、十津川が笑うと、

「誰でも、そう考えますよ。そうなると、どうしても、内政省が頭に浮びますね。違いますか？」

「その想像は、外れてはいないと思いますよ」

十津川は、他人事《ひとごと》のように、いった。

「ということは、警視庁は白石課長補佐が、この黒部市に来ていると見ているんですね」

「そこまで勝手に決め込むのは、まずいんじゃありませんかね」

と、いって、十津川はコーラを口に運んだ。久しぶりにコーラを飲んだ気がした。

「しかし、他には考えられませんよ」

と、大久保は、決めつけるようにいった。

十津川は、勝手にしろと思った。いくら反論したところで、中央新聞は、その線で取材を進めるつもりだろう。

「私は、白石課長補佐が黒部・宇奈月方面に来ていることを確信しました。さっそく、もう一人、記者を寄越すように、本社に電話します」

と、いう。

「白石は、もう黒部・宇奈月にはいない。私はそう思いますよ」

「どうしてです？」

「彼は、マスコミに追いかけられるのが嫌で、姿を消したんでしょう。あるいは誰かが指示したのかもしれませんが、そこで、黒部・宇奈月に隠れたとする。しかし欅平で殺人があれば、記者も集まってくるし、警察の捜査も始まる。そうなれば、黒部・

宇奈月に隠れていては、姿を見られる恐れがある。当然、さっさと逃げ出していると思いますがね」

と、十津川は、いった。

「それでも、構いません」

「どうしてです？」

「ここから逃げ出していたとしても、白石の足跡を黒部・宇奈月で見つけられれば、十分意味があるんです。それはつまり、川野ゆきの情報源と、投げ込みの手紙が正確だったということになりますから」

と、大久保はいい、携帯を取り出した。

「すぐに応援の記者を寄越して下さい。白石文彦が、ここにいたことは、ほぼ間違いありません。もう逃げ出しているかもしれませんが、足取りを追う必要があります」

電話を切った大久保が、

「これで、少しばかり、元気が出ました」

というので、十津川も仕方なくうなずいた。

「よかったですね」

と、いってから、十津川は、

「メディアは、どう思っているんです？　大河原大臣は清廉潔白《せいれんけっぱく》なんですか？」

と、きいた。

大久保が笑った。

「もしもそうなら、白石文彦を探しに、黒部・宇奈月まで来ませんよ」

第三章　牧野順次の話

1

私は、旅館の窓から、宇奈月駅のほうを眺めていた。黒部峡谷鉄道のトロッコ列車が、宇奈月駅を発車して、ジグザグに上っていくのが見える。

私は小さくため息をつき、タバコを取り出して火をつけようとしたが、そこで手を止めてしまった。

なぜ宇奈月まで来たのか、自分の気持ちがよく分からないのだ。

白石文彦の妻、麻美に頼まれて、行方不明の白石を探しに、宇奈月に来たのである。そのことは、よく分かっている。

それなのに、何としてでも旧友の白石を見つけ出そうという、強い気持ちは起きてこない。何となく白石麻美に引きずられて、彼女の夫探しのために、わざわざここまで来てしまったような感じだった。だから、今も外を見ながら、白石に対して、一刻も早く出てきてくれという気持ちはなかった。どうでもいいような、そんな気持ちだった。

ただ、白石が見つからないといって、麻美に断らずに、勝手に東京に帰るわけにはいかない。そもそも私の麻美への思いが、宇奈月まで同行してきた大きな理由になっていた。

どうして私は、こんなにも気が弱いのか？　どうして、昔から麻美に引きずられてしまうのか？　われながら情けなくて仕方がない。

ノックの音がした。鍵《かぎ》はかけていないので、「どうぞ」と返事をした。

振り返らなくても、分かっている。麻美である。すぐには声をかけてこない。そのことだけでも、彼女が苛《いら》ついているのが、よく分かった。彼女は苛立ちを胸に収めて、私に何かをいいに来たのだ。

彼女がいったい何をいいに来たのかも、おおよそ想像がつく。

麻美が隣に座った。同じように窓の外を見ながら、それでもまだ黙っている。

我慢しきれなくなって、私のほうから口を開いた。

「白石は、どこに行ってしまったんだろうね。この宇奈月温泉で、いろいろと話を聞いているけれど、白石が来たとか、見たとかいう話は聞けないんです」

われながら言い訳がましい。情けなさが募った。

「本当に、何も分からないんですか？」

と、麻美が責めるように、きく。

私は、何も隠していないといいたいのを、じっと我慢して、

「この女将《おかみ》さんにお願いして、他の旅館にも聞いてもらっているんですが、宇奈月のどこの旅館にも、白石が泊った記録はありません」

「どうしてかしら？」

「本当に、来ていないのかもしれません。あるいは、黒部峡谷鉄道の欅平駅で女性の新聞記者が殺された事件で、このあたりは大騒ぎになっているから、どの旅館も、その事件に気を取られて、こっちの質問を、ちゃんと聞いてくれていないのかもしれない」

「あの事件と白石が関係あると、牧野さんは考えているの？」

と、麻美が、きいてくる。

「私が聞いたところでは、殺されたのは東京の中央新聞の女性記者で、私たちと同じように、行方不明の白石を探すために、ここに来ていたらしい。ここの女将さんの話によると、同じ中央新聞から別の記者も来ていて、内政省の若手官僚が、ここに来ていないか、聞いて回っているそうです」

「それにしても、どうして、白石は見つからないのかしら？　東京の新聞記者まで、探しに来ているのに」

「白石がここに来ているとしても、観光に来ているのではなくて、自分の意志で、どこかに隠れている。だから、なかなか見つからない。そうとしか思えないんです」

「それで、牧野さんは白石を探してくれているんですよね？」

「もちろん、一生懸命探していますよ。ただ……」

「ただ、何？」

「こちらは、内政省の白石という名前を一切出さずに探すんですから、なかなか大変ですよ」

と、私はやっと、文句がいえた。

「それは、彼が探すなと、いい残していたから」

「だから難しいんですよ」

「それなら私、これから一人で探しに行ってきます」

と、麻美が、いった。

「どうやって、探すつもりなんです？　自分が白石の妻だとか、白石がメモを残して家を出たとか、そういうことは話さないほうがいいですよ。女性記者がどうして殺されたのか分からないんだから」

と、慌《あわ》てて私はいったが、麻美は、

「余計なこと」

と、一言残して、部屋を出ていってしまった。

2

私は、できればこのまま旅館でのんびりしていたかったのだが、あとになって、それが麻美に知れたら、どんな嫌みをいわれるか知れない。私は背広を着て、旅館を出ることにした。とにかく、形だけでも探すふりをしていなければ、麻美に何をいわれるか分からなかった。

この旅館には、牧野順次という自分の名前を出して泊っている。麻美のことは、友人の妻とだけしか、旅館には、いっていない。もちろん、白石の名前も出していなかった。

しばらくすると、女将さんが、私のところにやって来た。

「いま、お連れの女性が出ていかれましたよ。何だか怒っているような顔でした」

と、女将さんが、いう。

「そうですか」

「気が強そうな方ですよね」

と笑ってから、

「それでも、本当に美人。牧野さんの恋人じゃないんですよね？」

「もちろん、違いますよ。彼女は、昔からの友だちの奥さんで、たまたま私が東京の旅行会社に勤めているので、この辺の案内をしてほしいといわれて、一緒にやって来たんです」

とだけ、私は、いった。

「お客さんからの伝言で、夕食には間に合わないかもしれないから、勝手に食べていてくださいとおっしゃっていました」

と、女将さんが、いった。

「ありがとう」

と、いって、私は外に出た。

温泉町は、観光の季節なので、賑《にぎ》やかである。

突然、名前を呼ばれた。振り返ると、そこにいたのは中央新聞の大久保だった。

「これから君に会いに、あの旅館に行こうと思っていたんだ」

と、大久保が、いった。

「私のほうには、別に用事はないよ」

と、私は、いった。大久保の用事は、白石のことと分かっていたからである。

「どこかでお茶でも飲もうじゃないか」

それでも、大久保は、強引に私を近くのカフェに連れていった。

そのカフェも、客でいっぱいだった。隅のほうに一つだけ空いていたテーブルに、向き合って腰を下ろしてから、

「東京から新聞記者が、たくさん来ている」

と、大久保が、小声でいった。

「みんな、君と同じように、取材に走り回っているんだろう？　私なんかと、お茶を飲んでいてもいいのか？」

私は、あまり気の利《き》かない皮肉をいった。

「まあ、俺には、君という友人がいるからな。エリート官僚探しでは、他の連中より、一歩先んじているんだ」

と、大久保が笑った。それから、

「さっき、麻美さんを見たよ」

と、いった。

「彼女が私と同じ旅館に泊まっていることを、誰かにしゃべったのか？」

「いや、誰にも話していない。俺の大事な特ダネだからね」

「友人を特ダネ扱いはやめてくれよ」

「そういうが、うちの記者が黒部峡谷鉄道の欅平駅で、死んでいた。殺されていたんだ」

「事件直後に君が教えてくれたんじゃないか。新聞にも載っていたよ」

「名前は川野ゆきだ」

「それも、新聞で読んだ」

「彼女はね、とかく問題の大河原大臣の担当だった。だから当然、内政省の白石文彦とも知り合いだった。白石のところにも、取材に行っていたようだ」

「だから、どうだというんだ？　私とは関係ない」

私は相手を突き放すように、いった。大学時代の友人とはいえ、あれこれ新聞記者に、詮索《せんさく》されるのは嫌だったからだ。

「それで、いろいろと噂《うわさ》が立っている。川野ゆきを殺したのは白石ではないか、という声もあるんだ。俺も刑事から、いろいろと質問された」

「それは当然だろうが、私と麻美さんが一緒に宇奈月に来ていることは、警察には、いわないでおいてくれよ。あれこれ尋問されるのは困るからね」

と、私は、釘《くぎ》を刺した。

「もちろん黙っている。君たちのことを警察にしゃべったって、一文の得にもならないからね。ただ、何か分かったことがあるのなら、友人の俺に、ちゃんと教えておいてくれよ」

と、大久保が、いう。

「今のところは、君に話すことは何もないよ」

「しかし、君が麻美さんと一緒に宇奈月に来たのは、白石文彦を探すためだろう？」

「その辺も、きっちりしておきたいんだが、私は別に、白石を探したいわけではない。麻美さんが、白石の行方を探してほしい、探すのを手伝ってほしいというので、一緒にここに来ただけだ」

と、私は、細かく念を押した。

大久保は、案の定、にやにや笑った。

「変なことに、こだわる奴《やつ》だな」

と、いってから、

「とにかく彼女は、旦那《だんな》さんを探しに来ている。そして、君に協力を頼んだ。ということは、行方不明の白石について、いろいろなことを、君に話しているんじゃないのか？　たとえば、白石がどういう場所に行くのが好きだとか、どんな鉄道が好きだとか、そんなことをだ。もし、いろいろと彼女が君に話しているのなら、それを教えてくれないか」

と、大久保が、いった。

「何も教えてもらっていないよ。第一、白石は、妻の麻美さんにも何もいわずに、突然いなくなったと、彼女もいっていた。だから、白石を探す手がかりを、彼女は何も持っていないんだ」

「本当だよ。だから、彼女も私も、いまだに白石を見つけられないんだ」

と、私はため息をついた。

私は、白石文彦が残していったポストカードのことを、新聞記者の大久保に話す気はなかった。「宇奈月から黒部への旅」というメッセージはもちろん、西郷隆盛と勝海舟が対座している有名な絵についても、話す気はなかった。「江戸開城談判」と題された、結城素明のこの絵が何を示すのかは、いまだにわかっていない。大久保は大学時代からの友人だが、今回の事件に関連づけて騒がれるのは、嫌だったからである。

「本当に、何も聞いていないのか？」

大久保が、くどく念を押す。明らかに疑っているのだ。

「聞いていないよ。どうしても知りたいんなら、麻美さん本人に聞いてみたらどうだ」

と、私は、いってやった。

「何も手がかりがないのでは、探すといっても大変だな」

「ああ。だから、いまだに白石は見つかっていない」

と、私は、くり返した。

大久保は、ちょっと考えていたが、

「それなら、俺が持っている情報を教えてやろう。少しは、白石を探す助けになるだろうから」

と、いい、その情報というのを、教えてくれた。

「今もいったように、黒部峡谷鉄道の欅平駅で、うちの女性記者が殺されたので、警察が捜査をしている」

「それは知っているといっただろう」

「まあ待て。欅平で殺されたんだから、普通なら、富山県警の捜査になるはずだ。それなのに、なぜか東京の警視庁の刑事が来ているんだ」

「それは、殺された女性が、東京の中央新聞の記者で、彼女の住所が東京だからじゃないのか？」

「たしかにそれもあるが、普通は合同捜査といったって、主役は地元の県警本部で、警視庁は、その補助役に過ぎない。それなのに今回は早々と、警視庁の刑事がやって来ている。それも、平の刑事じゃなくて、警部クラスの人間と、その部下の二人が来ているんだ。なぜだか分かるか？」

「殺されたのが、大手新聞の記者だからか？」

「それもあるかもしれないが、本当の理由は、行方不明になっている白石文彦にあるのではないかと、俺は考えている」

と、大久保が、いった。

「もういいよ。こっちは麻美さんの手伝いで、旦那を探しにきているんだ。殺人事件には関心がない」

と、私が、いった。

しかし、これは嘘《うそ》だった。私だって、一応、事件全体のことは知っている。関心が全くないわけでもない。

大河原大臣が問題を起こした。それを収拾したのが白石文彦だった。先日の大久保の話では、中国人留学生とのスキャンダル以外にも、大河原大臣には、もっと深刻な問題があったようだ。そして、その時も、白石が活躍したのだろう。

白石のおかげで、大河原大臣が助かった。政治生命を失わずに済んだ。いや、内閣全体が助かったのである。

白石は、政治家、それも将来性のある政治家に恩を売ったのだ。いずれは事務次官にもなれる道が開けたし、そのあと、政界に入っても成功するだろうと、先走った噂さえある。

その白石が、どうして行方不明になっているのか。疑問は、やはりそこに返ってくる。

カフェで大久保と別れた後、私は、手がかりを探して、この宇奈月の町を調べて回る気をなくしていた。

私は、ふと富山に行ってみたくなった。不意に閃《ひらめ》くものがあった。そこで宇奈月温泉駅まで歩き、そこから富山地方鉄道に乗って、富山に出てみることにした。

ただ、麻美に黙って富山に行くわけにもいかないので、駅から旅館に電話をかけて、女将さんにことづけを頼むことにした。

「彼女に、いっておいてください。急に富山に用事ができたので、これから富山地方鉄道で行ってきます。今日中に帰るつもりだが、もしかすると、明朝になってしまうかもしれません。そのように伝えておいてください」

と、私はいい、富山地方鉄道で富山に向った。

富山行きを決めた時、私に閃いたものは、白石文彦が宇奈月に来ていたとしても、もうすでに、ここにはいないのではないかということだった。宇奈月に飽きたのかもしれないし、急用が出来たのかもしれない。狭い宇奈月にいては、いずれ誰かに見つかると考えたのかもしれない。あるいは、誰かの指示で動いたか。

もし、ここを出るとすれば、まず富山に向かうだろうと、私は思ったのだ。

と、いっても、その先白石がどこへ行ったのか、何らかの目当てがあるわけではない。金沢まで行ったのかもしれないし、その先の京都に出たかもしれない。あるいは、富山から北陸新幹線に乗って、東京に戻ってしまったのかもしれないのだ。

いずれにしろ、もし、宇奈月を出たとすれば、まずその起点ともいえる富山に行ったのではないか。この時、私が考えたのは、そこまでである。

といって、富山に行って、白石を探そうという気持ちが、それほどあったわけではない。正直にいえば、私自身が黒部や宇奈月に飽きてしまったのだ。

ひとりで派手な観光列車に乗る気もせず、今度は普通列車に乗ることにした。電鉄富山行きの電車は、観光客と通勤客、学生で混みあっていた。先日来た時とは逆に、進行方向右手に海が見えた。

電鉄富山駅で降りて、町に出る。黒部や宇奈月に比べれば、富山は間違いなく大都会である。もちろん東京に比べれば、はるかに小さな都市なのだが、それでも大都会だと感じたのは、宇奈月に何日もいたからだろう。

どこに行くという当てもない。仕方がないので、駅の売店で、何紙かの新聞を買って、そのまま近くのコーヒーショップに入り、新聞に目を通しながら、どこに行ったらいいのか考えてみることにした。

コーヒーを飲みながら、ゆっくりと新聞を読む。

一面は、相変わらず米朝首脳会談のニュースだ。

国内に目を転じると、こちらのほうも、総理大臣が大学時代の友だちに便宜を図っているとか、官邸に各省庁の人事権を握られて、役人が困っているとかの話で埋められている。どちらも、すでに一週間か二週間続いているニュースだった。

私はすぐに、新聞から目を離してしまった。相変わらず日本はコネ社会だと思った。識字率も高いし、大学に行く人間も多い。普通なら競争社会に進むはずだが、なぜか日本の社会は、日本の政治は、コネで動いているのだ。私には、そう思えて仕方がない。

そういえば、白石のケースも、コネが絡《から》んでいる。

大河原大臣が、スキャンダルになった中国人留学生と接触したのも、長年の大スポンサーや後援者の関係があったからだといわれている。おそらく、中国の巨大な市場を、そうしたスポンサーは狙《ねら》って、大河原大臣に働きかけたのだろう。

そして、大河原大臣の窮地を救ったのが白石である。これも正義感や使命感から出た行動ではあるまい。大臣とコネクションを作ろうと考えた結果なのではないか。そう見ていけば、白石のケースも、間違いなくコネがらみである。

日本の社会はコネで動いているのに、なぜか資格とかには、非常にうるさい。私は現在、小さな旅行会社で働いているが、それでも入社試験があった。入社のための条件は、大学卒業程度の学力があること、たしかそれだけが、最低限求められたことだった。

大学卒業の資格ではない。大学卒業程度の学力を有していることと、いっているのだ。それならば、別に大学を出ていなくても、学力さえあれば入社できるように思ってしまう。

だが、実際には、四年制大学の卒業証明書が必要だった。

アメリカでは、こんなことはないだろう。条件が大学卒業程度の学力とあれば、別に大学を卒業していなくてもいいのではないか。

ところが、日本ではなぜか大学を卒業していないと、入社試験を受けることもできないのである。そこをクリアして、やっと入社しても、今度は旅行業務取扱管理者という国家資格を取得するように推奨された。それがないと、なかなか出世できないというのである。そして、大学の卒業証書と国家資格が揃《そろ》ったところで、今度はコネが必要になってくる。そこが私には、どうにも分からない。

実は、私の周りにも、コネで得をした人間がいた。私は現在独身で、マンション暮らしである。小さな会社に勤めるサラリーマンだが、親戚《しんせき》の中に一人、かなりの資産家がいた。いや、今もいるのだ。

その親戚は、青梅《おうめ》に邸宅があった。私も、そこに二、三回行ったことがあるが、豪邸の裏が山になっていて、それが国有林だった。立派な杉林の国有林である。

昔は杉が高く売れたのだが、最近は輸入材のほうが安いので、日本の杉は売れなくなった。そのためもあってか、その国有林の手入れは悪く、台風が来たりすると、何本かの杉の木が倒れてしまう。もっとひどいときは、裏山から土砂が、親戚の家のほうまで流れ込んできたりするので、森林管理署に文句をいいに行った。倒れた杉の木を運び出し、これからは裏山の手入れをきちんとやってくれと、森林管理署に陳情したのである。

国有林なのだから、当然の要請だった。しかし、いくら陳情しても、森林管理署は、予算がないとか人手が足りないとかいって、倒れた杉の木を撤去さえもしてくれない。

そんなことが続いた後、私は、ある政治家のパーティに出席することがあった。会社の上司が行くはずだったのだが、急用で行けなくなり、私が代理出席を命じられたのだ。うちの会社の社長が、その政治家の後援者であるらしかった。

その政治家は、当時、大臣まで務めて、なかなか人気があった。招待客のリストを見て、秘書が私にも話しかけてきた。今でもよく覚えているのだが、その秘書は、私に、

「何かお困りのことがあったら、何でも遠慮なくおっしゃってください」

と、いってくれたのである。もちろん、誰にでも、そういっているのだろう。

それでも、私は思わず、青梅の親戚が困っていることを告げた。特に期待もしないまま、数日が過ぎて、私はそんなことがあったことすら忘れてしまっていたのだが、突然、親戚から電話があった。

「びっくりしたよ。今朝、裏の山がうるさいので、何事かと思って窓を開けたら、突然、十数人もの作業員が来て、倒れていた杉の木をどんどん運び出しているんだ。片づけてくれと、これまで何回も、森林管理署に電話をかけた。それでも、全く動いてくれなかったのに、突然、きれいに片付いてしまったんだ。まさか君が、誰かに頼んでくれたんじゃないだろうね？」

と、いうのである。

私は、別に誰にも頼んだりしていないといったが、どう考えても、あのパーティで、大臣の秘書に何の期待もせずに話したことが、まるで神風となって吹いたとしか思え

なかった。

これが政治家とのコネというものかと、私は納得したが、別に悪いことをしたとは思わなかったし、今もその考えは変わらない。政治家とコネがあれば、困った時に神風が吹くことを知ったし、たぶん、日本国民の多くは、何とかして政治家とのコネを持ちたいと思っているに違いない。そう考えただけである。事実、私も、得られるものなら、なんらかのコネが欲しいと思ったのだった。

私が、あの時につかんだコネは小さなもので、今、新聞を騒がせている大学の認可だとか、総理大臣の学友とかの大きな話ではない。それでも、コネの威力は身をもって知った。

そう考えてくると、白石がなかなか見つからないのは、大河原大臣とコネのある人間が、この地方のどこかにいて、その人間が白石を匿《かく》まっているのではないか。そんなことまで、私は考え始めていた。

だからといって、誰が大河原大臣とコネがあるのか、私には知る手立てもない。

私はコーヒーショップを出ると、駅に戻り、市内の案内地図を眺めた。どこを探すという当てもなかったが、一つだけ思いついたことがあった。

白石が麻美に残していった、あのポストカードである。そこには、西郷隆盛と勝海舟の「江戸開城談判」の絵が印刷されていた。江戸城無血開城をめぐる歴史的な会談は、今の港区にあった薩摩《さつま》藩の藩邸で行われたといわれているが、この絵に意味があるとしたら、江戸城ではないかと思われた。

富山で、江戸城に相当する場所があるとしたら、もちろんそれは富山城である。案内地図を眺めたときに、それが閃いたのだ。

白石は、自分が富山城に行く予定だと、あのポストカードで知らせたかったのかもしれない。もちろん、私の直感が当たっている確率など、ゼロに等しいだろう。しかし、そのときの私には、ほかに行く当てもなかった。

地図を見ると、富山城址《じょうし》公園には歩いても行けそうだったが、ちょうど路面電車が来たので、私はそれに飛び乗った。この電車も、富山地方鉄道の路線の一つである。「丸の内」という停留所で降りて、城の天守がある方角を目指した。富山城址公園は相当な広さだが、元の富山城は、さらに広い敷地を有していたという。

城と見まがう天守をいただいた建物は、富山市郷土博物館だった。この天守は、戦後になってから建造されたものだ。もともと富山城には天守がなかったと考えられていて、つまり「模擬天守」ということになる。とはいえ、江戸城も、明暦の大火で焼けてからは、天守はなかったはずだった。

私が、郷土博物館の前で天守を見上げていると、目の前に人が立っていることに気がついた。

年齢は四十五、六歳といったところだろうか。初めて見る顔である。その男が、いった。

「牧野さんじゃありませんか？」

どう返事をしようかと、一瞬迷った。私は昔から、知らない相手と話すのが苦手である。だから、違いますといってしまおうかとも思ったが、男の目は明らかに私に向かって、お前のことを知っているぞと告げていた。

仕方がないので頷《うなず》くと、男は、

「少し、お話がしたいのですがよろしいですか」

といって、目の前のベンチに腰を下ろした。

「初めてお目にかかります」

男は、名刺を取り出して、私に渡した。

そこには、

「内政大臣私設秘書　佐々木《ささき》一朗《いちろう》」

と、あった。

私は一瞬、参ったな、と思った。

私は、政治家や、それに関係する人間が苦手である。いつかの政治家のパーティにも、それ以来、一度も行っていない。白石のことも、政治家に繋《つな》がっているから苦手なのだ。私が黙っていると、佐々木という男は、

「牧野さんは、たしか白石課長補佐のお友だちでしたね？」

と、いう。何となく押しつけてくるような、嫌ないい方だった。

「そうですが」

「いいところでお会いした。あなたに、ご相談したいことがあるのですよ」

と、佐々木が、いった。

「私は白石のような役人でもないし、政治にも関心がありません。そんな私に、いきなり相談というのは、ちょっとおかしいんじゃありませんか？」

と、私は、いった。

相手が苦手な政治家絡みの人間だと思うと、どうしても自然に攻撃的な口調になってしまう。そのくせ、政治家にコネがあったらいいなどとも、考えてしまうのである。

「私が、秘書をやっている大河原ですが、将来の総理総裁候補といわれています」

「そういう話は聞いたことがありますが、私とは、何の関係もないことですよ」

「今回の件で、白石さんは大河原大臣のために、いろいろ尽くしてくれました。大臣も、白石さんのことは、一生忘れないとおっしゃっています。それで、白石さんのお友だちだという牧野さんにも、うちの大臣のために働いていただきたいのですよ」

と、佐々木が、いう。

「しかし、そんなことをいわれても、私には何もできませんよ」

と、私は、いった。

たしかに私が政治家の役に立つなどということは、まず、あり得ないことである。私は、ずっとそう思ってきた。それに、第一、役に立ちたくもない。

「いや、それほど難しいことではありません。誰にでもできる簡単なことです。ですから、心配なさらなくても大丈夫です」

佐々木は、勝手なことをいう。

「わけが分かりませんね」

「牧野さんは、今も宇奈月温泉に滞在しているのでしょう？　白石さんを探しに、こちらに来ていらっしゃる。それは、分かっているのです」

と、佐々木がいう。

（分かっているのなら、聞かなくてもいいだろう。そんなことでいちいち自分が優位

に立っていると誇示したがるのか。この小物め）

　と、私は内心思いながら、

「たしかに白石は、大学時代からの友人ですし、彼が失踪《しっそう》したと聞いて、心配している人がたくさんいるので、彼を探しに来ました。それは間違いありません。しかし、いまだに見つかっていないのですよ」

　と、いった。

「今日、あなたは宇奈月を離れて、この富山に来ている。それは、何か理由があっての行動でしょう？」

「いや、別に、何か理由があって、というわけではありません。宇奈月という小さな町に長くいて、息が詰まってしまったので、気分転換に、ふらっと来てみただけのことです。ですから、すぐに宇奈月に帰ります」

　と、私は正直に、いった。

「白石さんが黒部か宇奈月にいるという噂がありますが、すでに、そこから出てしまっているんじゃないのか。牧野さんは、そう思って、この富山にいらっしゃった。そうなんでしょう？」

　笑いながら、佐々木が、いった。

「そうなんですか？」

私は、逆に聞いてやった。また、佐々木が笑った。

「私は、大河原大臣の秘書で、白石さんの友人というわけではありませんから、その点は分かりません。ただ、普通に考えれば、若い白石さんが、何日も宇奈月に隠れているとは、到底思えません。牧野さんと同様に、息が詰まってしまいますからね。ですから、すでに別の場所に行ってしまっているのではないでしょうか。たとえば、この富山、あるいは金沢、京都とか……。こんなふうに考えるのが自然だし、あなたも、そう考えているはずだ」

と、佐々木は、いうと、さらに続けて、

「それで牧野さんにお願いしたいことがあるのですが、これから宇奈月に帰られるわけですよね？」

「帰ります」

「向こうには、東京や地元から新聞記者が、大勢、網を張っているはずです。殺人事件が起きていますし、白石さんが、あの辺りに隠れているのではないかという噂がありますからね。そこでお願いですが、こっちからも、ある噂を流してほしいのですよ」

「噂？」

「ええ、そうです。宇奈月に帰られたら、富山で白石文彦さんを見たという噂を流してほしいのです。向こうには、あなたの知り合いの新聞記者が来ているはずです。いや、知り合いでなくてもいい。新聞記者の誰かに、内緒話のようにして、こっそり打ち明ければ、あっという間に噂が広まってしまうはずですから、噂を流すのは、そんなに難しいことではないと思いますよ」

「そんなに簡単なことなら、あなたが宇奈月に行って、やったらいいじゃありませんか？　何も、私に頼むことはないでしょう？　そう思いませんか？」

と、むっとしながら、私はいった。

佐々木が笑って、

「いや、駄目ですよ。私がそんなことをいおうものなら、逆にデマだと思われてしまいますからね。何か理由があって、そんな噂を流すんだろうと、勘ぐられてしまいます。その点、あなたは失礼ながら素人《しろうと》ですし、白石さんの大学時代からの友人です。そんなあなたが、富山の町で白石さんを見かけたといえば、嘘だとは思わない。絶対に、誰もが信じるはずですよ」

と、続けた。

「しかし、なぜ、そんな噂を広めなくてはならないんですか？」

と、私が、きいた。

「今のまま、白石さんが宇奈月に居たら、窒息してしまいますよ。だってそうでしょう。何しろ東京から新聞記者がたくさん集まってくるわ、警察もやって来るわ、という騒ぎですからね。そこで、ほんの少しだけ、白石さんを楽にしてあげたいと思うのですよ。この噂が広まれば、白石さんが動きやすくなる。だから、あなたにお願いをしているのです。もちろん、お礼は差し上げます。牧野さんがサラリーマンとして月にいくら貰《もら》っているのか分かりませんが、おそらく、その倍のお礼を差し上げられると思います」

と、佐々木がいうのだ。

「お礼なんて、そんなものは要りません。私としては、気が進まないだけです。だから、そんな役目を引き受けたくはありません」

「とにかく、あなた以外にお願いできる人がいないのです。ですから、何とかお願いしますよ」

そういうと、突然、佐々木は立ち上がり、背を向けて歩き去ってしまった。

私は慌てて立ち上がり、

「佐々木さん！」

と大声で叫んだが、すでに彼の姿は、どこかに消えてしまっていた。

（きちんと約束したわけではないから、やらなくても構わないな）

と思いながら、佐々木が座っていたベンチに視線を向けると、そこに、一通の封筒が置いてあるのに気がついた。わざと置いていったらしい。

かなり分厚い封筒である。

慌てて拾い上げた。

中身の厚さから、おそらく数十万円は入っていると、想像がついた。

私は困った。どうしたらいいのかが分からなかった。落とし物として、郷土博物館に届けてしまえばいいのだろうか？

しかし、郷土博物館の中というわけではないし、そうかといって、この近くに交番があるかどうかも分からない。

私は、考えがまとまらないまま、封筒を背広の内ポケットに入れた。

厚みのある封筒を抱えたまま、富山の町を歩き回って、白石の情報を探ろうという気にはなれず、私は、すぐに富山地方鉄道に乗って、宇奈月に帰ることにした。

列車に揺られながら、私は自分の小心さに呆《あき》れていた。

封筒には、帯封つきの札束が一つ、入っている。普通の人間なら、あの秘書が私の意志を聞かずに、勝手に置いていったものなのだから、自由に使ってしまえばいいと思うだろう。

小心者の私には、それができないのである。そのくせ、相手が置いていったものを、その土地の警察に届けることもできない。

宇奈月に向かう列車の中で、私は、封筒に入ったその百万円の現金を、持て余していた。そして、なぜ、あの場所に、佐々木がタイミングよく現れたのだろうかと、今更ながらに考えこんだ。

佐々木は、白石が富山城に現れるかもしれないと考えて、見張っていたのだろうか。そうだとしたら、佐々木は白石の敵なのだろうか。窓の外の景色は、一切目に入らなかった。

3

夕方までに、私は宇奈月に帰ってきていた。旅館に戻ると、麻美は、まだ帰っていなかった。彼女のことだから、自分が利用できるコネを使って、必死になって、夫の行方を探しているのだろう。

そして、旅館に帰ってくれば、自分がいかに夫の行方を心配して、あちこち探し回ったかを言い立てて、私の無能を言外に詰《なじ》るに違いない。

旅館で夕食を取った後も、麻美は戻ってこない。結局、麻美が帰ってきたのは、十時近くなってからだった。

麻美は、少し酔っていた。

「疲れた」

と、いい、

「人探しというのは疲れるものね。牧野さんは、何か情報をつかんでくれたの？」

と、きく。

その瞬間、私は急に、佐々木の頼みを、目の前の麻美にぶちまけることに決めた。なぜ、そんな気になったのか。多分、私の気まぐれのせいだ。それに、麻美を驚かせたかった。

「実は、白石は、すでにこの宇奈月から脱出してしまっているのではないかと思ったんです」

と、私は、前置きのように、いった。

「それで、どうしたの？」

「もし白石が宇奈月にいないとすれば、富山地方鉄道で富山に出たに違いない。そう考えて、富山に行ってきた」

「それで、何か見つかった？」

麻美は、まだ私をどこかバカにした表情だ。

「驚いたよ。白石を町の中で見かけたんだ。声をかけようとしたけど、残念ながら見失ってしまった」

さすがに、麻美の顔色が変った。

「本当に白石だったの？　間違いない？」

「うん。あれは間違いなく、白石だった」

こんな時、私の小心さは、意外に役に立つ。小心な私だから、こんなことで嘘はつかないだろうと、相手が勝手に決めつけてくれるからだ。この時の麻美も、そうだった。

「本当に、白石を見かけたのね？」

と、麻美が念を押す。

「ええ、本当ですよ。電鉄富山駅の近くでコーヒーを飲んだ後、富山城址公園に向かって、白石を探して歩いていたんだ。そうしたら、今もいったように、路面電車の中に、白石を見つけた。私も、白石とは大学以来の長い友人だから、絶対に見間違えるわけはないんだ」

と、私は強調してから、話を続けた。

「もちろん、私は路面電車を追いかけた。でも、追いつく前に、次の停留所で白石は降りてしまい、雑踏に紛れてしまったんだ」

それを聞くと、彼女は、

「ちょっと待って」

といって、部屋を出ていくと、廊下で、どこかに電話をかけていた。戻ってくると、

「これでホッとした。ともかく白石が元気でいることは確かだし、この宇奈月ではなくて、富山にいることが分かったんだから」

と、自分にいい聞かせる調子で、いった。

4

麻美が、いったいどこに電話をしたのか、私には分からない。

しかし、麻美は、とにかく誰かに電話をして知らせたのだ。

翌日になると、白石文彦が富山にいたという話が、あっという間に、宇奈月の町全体に広がっていった。今風にいうのなら、拡散していったのだ。

昨晩、私は麻美に話したあとで、大久保に電話して、同じように、白石を富山で見たという話を伝えた。別に、大久保に口止めをしたわけではないから、記者の間に、噂として広がったのだろう。おそらく大久保にしても、私の話の真偽を計りかねていたのだ。

そのニュースは、欅平の殺人事件の捜査に来ている警視庁の刑事たちの耳にも、間違いなく、入っていった。

私の泊っている旅館の前には、どこから湧《わ》いてきたのか、新聞社やテレビ局の人間が集まってきた。東京から来た人間もいれば、地元の記者もいた。

麻美は、それに巻き込まれるのを嫌って、姿を隠してしまった。

それは、私には、少しばかり意外だった。

麻美という女は、そういう状況を好きだと思っていたのである。麻美は、学生時代にモデルやリポーターのアルバイトをしていた。カメラのフラッシュを浴びたり、マイクを持った彼女の姿を、何回も見ていたからだ。

逃げた、というのが、不思議だった。どうやら、その原因は、昨夜の電話にあると思ったが、どんな会話だったのか、誰にかけたものだったのか、私には想像がつかなかった。

ただ、私は逃げられなかった。

麻美は、

「私のことは、あまり話さないでよ」

と、小声でいって、旅館の裏口から出ていった。

（勝手な女だな）

と思ったが、そんなことを考えているうちに、私は、新聞やテレビ、それに警察につかまってしまった。

彼らが、どうして目の色を変えて、白石を追っているのか、私には理解できなかった。大河原大臣の政治生命を救った立役者だということは、マスメディアや警察には周知のことだろうが、とはいえ、あくまでも内政省の一課長補佐である。行方が分からなかったとはいっても、公式には出張中ということになっている。事件ではないのだから、ニュース価値があるとは思えない。

そう考えてくると、川野ゆき殺しの関係者として、白石の名前が浮上したとしか思えなくなってきた。それで、麻美は逃げたのか。

私は、

「富山市内で、白石を見つけて、びっくりしているんです」

と、言い続けた。

他に、何もいえないのだ。「あれは嘘です。冗談ですよ」とでもいったら、私は殺されてしまうような、そんな危惧《きぐ》を覚えるようになっていた。誰かに操られているような、その誰かに歯向かったら何もかも失ってしまうような、そんな恐れがあった。

記者からは、そのときの状況に関して質問が出た。

「その時、声をかけましたか？」

「もちろん、大声で呼びましたよ。それでも聞えなかったと思います。向こうは、路面電車の中でしたから」

「どんな服装でしたか？」

「薄茶の背広を着ていました。ネクタイはしていなかったと思いますね」

「暑いのに、背広だったんですか？」

「あいつは、絶対に背広を脱がないんですよ。学生時代から、よく背広を着ていたし、多分、背広は高級官僚の制服だと思っているんじゃありませんかね」

「白石さんは、富山から、どこへ行ったと思いますか？」

「そうですね。せっかく休暇を貰っているんだから、東京へ戻ったとは思えませんね。多分、金沢か京都に向ったんじゃありませんか。古都の好きな男ですから」

私は適当なことをしゃべりながら、人の輪の向うに、あの佐々木秘書を見つけた。

彼も、私を見ていた。オーケイとでもいうように、指でマルをつくっていたが、私が次の記者たちの質問に答えている間に、その姿は消えてしまった。

第四章　立山黒部アルペンルート

1

黒部市内の旅館に泊っていた十津川に、東京の三上刑事部長から、電話が入った。まだ早朝といっていい時間である。

三上は、いきなり、

「近くに、この通話を聞いている者はいないか？」

と、確認する。

「私一人ですが」

「今から話すことは、絶対に誰にもいうな。特捜が動いている」

十津川は最初、三上の言葉が、正確に聞き取れず、

「何が動いているのですか？」

と、きき直した。三上は、苛立《いらだ》ちを隠さず、

「東京地検特捜部だよ。急に動き出したんだ。おそらく、そちらにも特捜検事が何人か、派遣されているに違いない」

と、いう。

「なぜ、特捜が動き出したのですか？」

と、十津川が、きいた。

「正確な理由は分からない。私も、あるルートから聞いたばかりなんだ。おそらく、君に捜査をしてもらっている、欅平駅で殺された女性の新聞記者……」

「中央新聞の川野ゆきです」

「その女性の事件について、特捜はなんらかの関心を持っているようだ。私に特捜が動いていると教えてくれた人間は、そういう噂《うわさ》が流れているといっていた」

と、三上が、いった。

「しかし、殺された女性記者は、白石文彦の行方を追って、宇奈月に来ていたんですよ。なぜ彼女が殺されたのか、今もわかっていません。それなのにどうして、この事件に、東京地検が注目するのですか？」

「もちろん根本にあるのは、大河原大臣の問題なのだろう。大臣が関係したスキャンダルが、国会で問題になった。一応、大臣に政治的な責任はないということになって、収まったように見えたが、どうやら東京地検特捜部は、改めて大臣の周辺を調べ直しているようなんだ。もちろん、表沙汰《おもてざた》になってはいないが、例の事件についても、特捜部は把握しているはずだ」

と、三上が、いった。

十津川は、頭の中で素早く、三上がいった「例の事件」を思い返していた。

簡単にいえば、五月五日に遺体で発見された女優、木村弥生のことであった。以前から彼女との関係を噂されていた大河原大臣の名前が、よりにもよって、捜査線上に浮上したのだ。

警視庁では、極秘裏に捜査を進めていたが、窮地に立たされた大臣を助けたのが、課長補佐だった白石文彦である。

白石の証言と証拠写真で、大河原大臣のアリバイが成立した。そして、その後、大臣を助けた白石文彦が、行方不明になってしまったのである。地検特捜部は、何か新たな材料を見つけているのだろうか。

「これから、黒部警察署に向かうのか？」

と、三上が、きく。

「何か情報が入っていれば、聞いてこようと思っています」

「警視庁と富山県警が現在、協力態勢にあるのは理解しているが、特捜が動き出したということは、まだ富山県警には、一切話しては駄目だ」

「了解しました」

と、十津川が、いった。

「それから、富山で、白石文彦が目撃されたそうだな。誰が見かけたんだ？」

十津川は、一瞬迷ってから、声を落として、

「それなんですが、信用できない話なのです。白石を見かけたと証言しているのは、牧野順次という男です。白石の大学時代の友人だそうで、富山市内で、彼を見かけたと話しています」

と、いった。

「その証言が嘘《うそ》なのか？」

「牧野という男は、話すだけ話すと、どこかに行ってしまって、それ以上の話は聞けていません。ただ、彼の友人である大久保という記者とは、黒部に入ってから、情報交換をしています。大久保もまた、白石と大学時代の同級生だそうです」

「白石の同級生が集まっているように見えるな」

「大久保記者が牧野から打ち明けられたところによると、牧野は富山市で、大河原大臣の秘書、佐々木一朗に会ったそうなんです。佐々木秘書は牧野に、宇奈月に帰ったら、白石文彦を富山で見かけたという噂を広めてほしい、と依頼したのだそうです。そうすることが白石文彦のためにもなるといわれて、牧野は宇奈月温泉に戻ると、富山で白石を見かけたと話したようなのです」

「なるほど」

「宇奈月には、川野ゆきの事件で、マスコミが殺到していましたから、『白石が富山にいる』という情報は、すぐに広まりました。大久保記者は、牧野の様子がおかしいと思って、彼を問い詰めて真相を聞き出し、私に教えてくれました。大久保記者の情報を信じるなら、白石が富山にいたというのは、今のところ眉唾《まゆつば》のように思います。恣意《しい》的に流された情報に過ぎませんよ。大河原大臣の秘書が、何のために、そんな噂を流させたのか、そこのところはつかめていませんが」

と、十津川は報告した。そして、話しながら頭を整理すると、やはり欅平で殺された女性のことが、どうしても気になってくる。

「欅平での殺人に、特捜部が関心を抱いているのは、なぜなのでしょうか?」

と、再度きいた。

「彼女の名前が川野ゆきだからだ、という見立てがある」

「どういうことですか?」

「さっき、女優が殺された事件の話をしたな。実は、あの事件には、まだ知らされていないことがある。被害者が、もう一人いたんだ」

「もう一人?」

と、十津川は、きいた。

「そうだ。女優の身辺を調査していた私立探偵が、最近になって遺体で発見された。殺されて、山林に埋められていたんだ。名前は川野努《つとむ》。殺されたのは、木村弥生と同時期か、あるいはそれより前かもしれないという鑑定だ」

「それは知りませんでした。川野努と川野ゆきは、血縁関係があるのでしょうか?だから特捜部が興味をもっていると?」

「血縁かどうか、まだこちらでも調べがついていない。私も聞いたばかりだからな。

それに、特捜部が川野という名字の符合に興味をもっているというのも、噂の域を出ないのかもしれない。事実としてあるのは、特捜部が、実際に動き始めているということだけだ」

「特捜部が動くということは、何か政治の問題、たとえば献金問題などもあるということでしょうか？」

「十中八九、そうだろうな。実は、大河原大臣には、原発再稼働《さいかどう》を推進する代わりに、電力会社から一千万円の違法献金を受けた疑惑がある。女優と私立探偵は、その件で、何か知ってしまったのかもしれない。しかし、なにしろ二人とも死んでしまっているから、周辺の事件から調べていくしかないのだろう」

「それで、川野ゆきの事件というわけですね。そうなると、白石課長補佐の身も心配になってきますね」

と、十津川が、心配の声をあげた。

「そうだな。白石の姿を見たという情報は、他にないのか？」

「ありません」

「見つけたら、すぐに知らせてくれ」

電話が切れると、亀井刑事を呼んで、今の三上刑事部長の話を、そのまま伝えた。

亀井刑事の反応も、十津川と同じだった。

「何だか、少しばかり、おかしな事態になってきましたね」

と、亀井が、いった。

「三上刑事部長は、この件は、とにかく周りには内密にしておけ、といっていた。部長も、どうしたらいいのか、分からないんじゃないのかな」

「東京地検特捜部は、欅平の殺人事件を重視しているというわけですね」

「新たに遺体で見つかった探偵と、欅平で殺された女性記者の名字が、同じ川野だからということらしい。しかし、二人の間に、本当に関係があるのかどうかは分からないな。いくら同姓だからといって、二人が繋《つな》がっているという証拠にはならないからね。今後の調べを待つしかないだろう」

十津川が、慎重にいった。

「しかし、東京地検は、欅平駅の事件を重視しているわけでしょう？　二人の間に繋がりがあると、確信しての動きなのではありませんか？」

「たしかに、その可能性はある。が、こちらとしては、あくまでも関係があるかないか分からないというスタンスで、調べてみる必要がある。犯人側が、川野ゆきと川野努が繋がっていると誤解して、二人を殺した可能性だって考えられるんだ。われわれが同じ過《あやま》ちをするわけにはいかない」

　十津川は、慎重な姿勢を崩さなかった。

「これからどうしますか？　黒部警察署に行きますか？」

「何か新しい情報があれば、小野警部が知らせてくれるだろう。そちらのほうは、県警と黒部署に任せておこうじゃないか」

　と、十津川が、いった。

「分かりました。それで、われわれはどうしますか？」

「まず、新聞記者の大久保に、もう一度会いたい」

「白石文彦を富山で見たと、いい出した、牧野順次の友人ですね。牧野が、富山で大河原大臣の秘書と会って、白石の目撃談を皆に広めてくれと頼まれた。その事実を教えてくれた大久保記者ですね」

「そうだよ。本来、彼は、そのことを誰にも話さないつもりだったのだが、私だけには教えてくれた。だから、彼に牧野の様子や、富山で牧野が秘書と会ったときの様子を、できるだけ詳しくきいてみたいんだ。その後で、富山市に行こうと思っている」

「なぜ富山なのですか？　大河原大臣の秘書が、そこにいたからですか？」

「それもあるが、事件の捜査のため、すぐに宇奈月に来てしまったから、一度、富山市内の様子を、この目で確かめてみたいんだ」

十津川は、理由をはぐらかした。

二人は、黒部警察署には寄らず、大久保記者が泊まっている旅館に行き、面会を求めた。

十津川は、東京地検特捜部が動き出していることは、おくびにも出さずに、大久保にきいた。

「富山で、大河原大臣の佐々木秘書と牧野が会った話を、もう一度詳しく教えてもらえませんか」

「秘書に会った牧野は、白石を富山で見かけたという噂を流して欲しい、と頼まれたそうです。本当に、佐々木が白石を見かけたのかどうかは分かりません。しかし、そうすることによって、事態が動くのではないかと思った牧野は、宇奈月温泉に戻ると、言われた通り、白石を目撃したとマスコミに伝えたわけです。今、マスコミは真偽を見定めています。警察も、同じですよね？」

大久保が鎌《かま》をかけるようにいったのに、気づかないふりをして、十津川が、いう。

「その時の、佐々木という秘書の様子は、どうだったんでしょうか？　慌《あわ》てた様子だったか、それとも、落ち着いていたのでしょうか？　なにかきいていますか？」

「どちらかといえば、落ち着いていて、ニヤニヤ笑っていたようです」

「白石文彦は、大河原大臣を助けた功労者でしょう？　その白石文彦の行方が分からないとなれば、普通なら心配すると思うのですが、佐々木は、心配しているような様子は見せなかったのでしょうか？」

「私が聞いた限りでは、心配しているようなそぶりは、全く見せなかったそうです。牧野は、佐々木秘書が実は、白石が今どこにいるのかを知っているんじゃないか、そう思ったと、いっていました」

「ところで、川野ゆきの事件について、何かわかったことはありませんか？」

十津川がきくと、大久保は疑念の色を浮かべて、

「この前、情報をお伝えしたときと、食いつき方が違いますね。白石よりも、川野ゆきの捜査で、何か進展があったんじゃないですか？」

と、逆に質問してきた。

「いや、こちらも一刻も早く、白石を見つけ出したいんだ。それには、川野ゆきの事件から、手がかりが見つかるかもしれないと思ってね。君の見立てでは、その佐々木という秘書は、行方不明になっている白石文彦の居場所を知っているように思えた。そうなんだね？」

十津川は、改めて質問をした。

「私というより、牧野の感触ですよ。たしかに、佐々木というか、大河原大臣の側が知っている可能性は高いと思います。それよりも十津川さん、本当は東京から、何か知らせてきたんじゃないんですか？」

大久保も、新聞記者らしく、しつこく聞き返してくる。

「いや、東京も焦《あせ》っているね。われわれだって、すぐにでも白石文彦を見つけ出したいんだ。とにかくありがとう」

十津川は再度かわして、強引に会話を打ち切り、宇奈月温泉駅へ移動した。

ホームに、ちょうど電鉄富山行きの列車が入っていたので、それに滑り込んだ。

大久保が追ってきたら面倒だと思っていたのだが、幸い、彼の姿を見ることもなく、十津川たちを乗せた列車は、宇奈月温泉駅を出発した。

今日も快晴である。車窓には、山が、はっきりと見えた。

2

一時間四十分ほどで、富山地方鉄道の起点、電鉄富山駅に着いた。のどかな宇奈月から来ただけに、都会に来たという思いがあった。駅前もきれいに整備され、人でごった返している。

「これから、どうしますか？」

と、亀井が、きいた。

「富山という街は、きれいな市電が走っていることで有名なんだ。まず、それに乗ってみよう。一度、市内を回ってみたい」

と、十津川が、いった。

その漠然としたいい方に、亀井は、少し戸惑った感じだった。

「市電に乗ったら、白石文彦が見つかりますか？」

「いや、今もいったように、富山という街の様子というか、気配を感じ取りたいんだ。白石文彦が、そう簡単に見つかるとは思っていないよ」

電鉄富山駅から歩いてすぐの場所から、市電が通っている。「電鉄富山駅・エスタ前」と書かれていた。昔の市電とは違う、洒落《しゃれ》た車両である。いわゆる路面電車だ。

「市電」といっても、今は富山市が運営しているわけではない。これもやはり、富山地方鉄道の路線の一つである。市内電車、市街電車の略で、「市電」と呼ばれているらしい。

十津川たちは、まず「3系統」と書かれた環状線に乗り、市内を一周した後、南富山駅前〜大学前行きの「2系統」に乗り換えて、往復してみた。気付くと、昼をずいぶん過ぎていた。

たまたま降りた停留所近くの喫茶店に入って、軽食を取ることにした。すぐ隣は、「富山ブラックラーメン」と大書されたラーメン屋だった。

「やっぱり、見つかりませんでしたね」

と、亀井は、ほんの少しだが、皮肉を込めた調子で、いった。

それに対して、十津川は笑って、

「だからいったじゃないか。そんなに簡単に見つかるとは、最初から思っていない。それに、白石文彦も見つけたいが、佐々木という大臣秘書の行動も、チェックしておきたいんだ」

と、いった。

白石と佐々木を探して、気を張っていたせいか、あまり腹が空《す》いていない。トーストとコーヒー、コーンスープのセットを注文して、それを少しずつ口に入れながら、富山駅でもらった富山周辺の地図を、テーブルの上に広げた。

「白石文彦が、もし黒部周辺に来ているとすれば、彼は最初からどこに行くか、どこに泊るかを決めてから、こちらに来たはずだ。その点は、カメさんも同意してくれるか？」

と、十津川が、きいた。

「その点は、賛成です。彼がなかなか見つからないのは、あらかじめ隠れる場所を決めておいたからでしょう。だから、なかなか見つからないんですよ」

「佐々木という秘書は、いったい何をしに、この富山に来たんだろうね？」

「二つ考えられますね。彼は、白石がどこにいるかを知っていて、何か連絡をするために、こちらに来たのかもしれません。あるいは、白石の行き先が分からなくなってしまったので、大臣から探してこいと命じられたのかもしれない。どちらにしても、宇奈月に行かず、富山に来たというのが面白いですね」

と、亀井が、いった。

「その点、今度は私が賛成だ」

「私は、佐々木という秘書は、地検特捜部が動き出したことを知っているのだと思います。それで、富山に来たのではないでしょうか。そうでなければ、大臣の秘書が一人で、選挙区でもない富山に現れるとは、とても思えませんから」

「その点も賛成だ。間違いなく、彼はここに来た時、特捜部が動き出したことを知っていたんだ」

「しかし、おかしいですね」

と、亀井が、首を傾《かし》げる。

「何が？」

「白石文彦を、この富山で見たという噂を牧野に流させたわけでしょう？　それなのに、新聞記者の姿を全然見かけませんよ」

「白石が富山で誰かと一緒に歩いていたというような、具体的な噂じゃないんだ。富山市内で、偶然見かけたという程度の噂なんだよ。海千山千の新聞記者たちが、そんな噂に惑わされて、一斉に富山に来るはずがないじゃないか。大久保記者も、マスコミは、噂の真偽を見極めようとしていると話していただろう。すでに白石文彦は別の場所に移動してしまった。連中は、そう考えているから、誰も、この富山に探しにこないんだ。連中がいま考えているのは、この富山から、白石がどこに行ったのかということだよ。そう考えて、白石が現れそうな場所に、先回りしているに違いない」

といって、十津川が笑った。

「では、われわれは、どうしたらいいんですか？　警部の推理では、この富山にいても仕方がないわけでしょう？」

「だから、逆に考える」

「逆に、ですか」

と、亀井は驚いたように、いった。

「噂の出所は、大河原大臣の秘書なんだ。彼もまた、海千山千の人間だ。そんな彼が、白石を富山で見かけたと言いふらしてくれと頼んだ相手が、大学時代の白石の友人だ。しかも、彼の同期の大久保記者が、宇奈月にいる。彼を通じて、目撃談は嘘だと、すぐにバレるに違いない。つまり、白石はすでに富山にはいないと、マスコミは考えるだろう。記者たちは、宇奈月温泉から自分たちを引きはがしたいのではないかと考える。だから逆を考えて、宇奈月に留まっているのだ。たしかに、白石文彦は、すでに富山市にはいないかもしれない。だが、一度は富山市に来たはずなんだ。そうでなければ、秘書の佐々木が一人で、この富山市に来るはずがない」

「たしかに、そうかもしれませんが、佐々木はどうして、妙な噂を流したのでしょうか？　富山で見たという噂を流して、新聞記者たちが富山に来ないようにしたのかもしれませんが、警部の考えでは、この富山にも、白石文彦は、もういないわけでしょう？」

「ああ、そうだよ。だから、ここから白石がどこに行ったか、そして、佐々木秘書が、どうしてこの富山に来たのか、それを考えたいんだ」

と、十津川が、いった。

「東京地検特捜部のことも考えなくてはいけませんね。おそらく連中は、必死になって白石文彦を探していますよ」

と、亀井が、いう。

「それは間違いない。すでに黒部か、この富山のどちらかに、検察が来ているはずだ。そこで、佐々木秘書の出番になる」

「出番ですか？」

「白石文彦のおかげで、大河原大臣は現在も、その地位にいる。つまり、白石は、大河原大臣にとっては恩人だよ。一方で、白石が新聞記者に、何か危ういことを喋《しゃべ》ってもらっても困る。だから、しばらくの間、姿を隠しているようにと、いったのだろう。白石は、黒部周辺、あるいは富山周辺にやって来て、身を隠した。事件が忘れられる頃になれば、白石は東京に戻ってくるはずだ。大河原大臣は、論功行賞とばかりに白石を引き立てて、まずは自分の側近に置き、いずれは政界に引き上げるかもしれない。そうなれば、大河原大臣も恩を売れるし、かねてから政界入りに野心を持っていた白石にしても万々歳だ。だが、ここに来て、東京地検が動き出した」

「そうなると、大河原大臣にとって、白石文彦は、恩人であると同時に、危険な存在ということにもなってきますね。東京地検は、白石を捕まえて、本当のことを喋らせようとするでしょうからね」

と、亀井が、いった。

「カメさんのいう通りだ。白石は頭のいい人間だから、そうした危険についても、ちゃんと考えているはずだ。だから、黒部や富山市の周辺に来ているとしても、一カ所に、じっとしているとは思えない。そんなことをすれば、自分の身が危険になるからだ。だから、大河原大臣に約束したように、この黒部周辺に来ることは来た。しかし、前もって知らせておいた場所、旅館か鄙《ひな》びた温泉か分からないが、そこからは姿を消した。私は、そう考える。白石という男は、頭がいいし、臨機応変に動くだろうからね。そうなると、今度は白石と連絡が取れなくなるから、大河原大臣のほうが心配になってきた。地検特捜部が実際に動き出しているから、先に白石の居所をつかんで尋問されれば、いくら白石でも、本当のことを喋ってしまうかもしれない。そこで、佐々木秘書が、富山にやって来た」

「白石文彦を捕まえて、絶対に真実を喋るなと、改めて口止めをするつもりなんですね」

「そうだろう。あるいは、自分たちが知っている場所に、改めて白石文彦を匿《かく》まうつもりだ。そのために、佐々木秘書は一人で、富山にやって来たんだ」

十津川が断言した。

ここまでの推理は間違ってはいないだろう。その自信が、十津川にはある。

しかし、問題は、この先なのだ。

3

事態は急変している。それに対応しなければならない。

十津川は、ブラックのまま、コーヒーを飲み干した。そして、いった。

「問題は、二つある」

「一つは、東京地検が介入してきたことですね？」

「そうだ」

「もう一つは、川野ゆきという女性記者が、欅平の駅で殺されたことですよね？」

「川野ゆきが、白石文彦を探しに、黒部に来ていた。その時にはまだ、特捜部が動いているという話はなかったはずだ。それなのに、女性記者の川野ゆきは、欅平の駅で殺されてしまった。なぜ殺されたのか？　考えられることは一つしかない。川野ゆきが、ただの新聞記者ではなかったということだ」

「女優殺害事件に関連して、新たに死体で見つかった私立探偵、川野努ですね。殺されたのは、女優と同時期か、それより前という話ですから、もう二カ月近く、彼も行方不明だったはずです。川野記者と血縁関係があったのかどうかは分かりませんが、彼女は、川野努の失踪《しっそう》について、何かの疑いを持っていたんでしょう。ただ単に、一人の新聞記者として、白石文彦を探しに来たんじゃない。白石に会って、直接、何かを問いただしたかった。そうじゃありませんか？」

「同感だ。ただ、その話は、大河原大臣にとって、大きな問題になった。もしかしたら政治家として、致命傷になることかもしれない。だから、川野ゆきは、欅平の駅で殺されてしまった――」

「しかし、欅平駅は、黒部峡谷鉄道の終点ですよ。この時期、あそこから先には、どこにも行けないんです。欅平まで行っても、結局、宇奈月温泉まで帰ってくるしかありません。つまり、犯人は女性記者を殺害したのち、欅平駅の先には逃げられないんですよ。にもかかわらず、容疑者は見つかっていません」

「しかし、彼女は間違いなく殺されたんだ。私は、犯人は白石文彦ではないかと考えている」

と、十津川が、いった。

4

十津川は、しばらく黙って、地図を眺めていた。十津川は、白石文彦という男のことを、改めて考えた。頭はいい。野心もある。たぶん、その野心を実現させようと、大河原大臣のために、アリバイ証言までしたのだ。

その証言が事実ならば、何の問題もない。大臣のためであろうとなかろうと、当然の行動だ。

しかし、あの証言が虚偽で、大河原大臣に恩を売り、自分の将来に役立てようとしたのならば――。

その件に東京地検が疑問を持ち、動き出したのだとすれば、大河原大臣は、おそろしく危険な淵《ふち》に立たされたことになるし、白石も破滅的な立場になってしまったことになる。偽証をしたのだから、事後従犯と見られてもおかしくない。それ以上に、もはや大河原大臣を頼るどころか、口封じされる危険さえある。そのことも、頭のいい白石は、はっきりと認識しているはずだ。もしかしたら白石は、大河原大臣に対しても、身を隠しているのではないか。自分の安全のため、そして、自分の将来のために。

連絡が途絶えたことを懸念《けねん》して、大河原大臣は、秘書の佐々木に、白石文彦を探させているに違いない。地検よりも先に探し出して、絶対に安全な場所に隠すのか、あるいは口を封じてしまうのか。いずれにしても、時間は残されていないように思う。佐々木秘書が白石を捕まえる前に、白石を見つけなくてはならない。それが、十津川の下した結論だった。

「よし、立山に行ってみよう」

突然の発言に、亀井が驚いた。

「立山ですか」

「立山黒部アルペンルートだ」

と、十津川が、地図を指さした。

「そこに行けば、白石文彦が見つかるわけですか？」

「確証はない。しかし、この地図を見てくれ。富山市からは、さまざまな場所に行くことができる。海に向かえば、富山港は、北前船の寄港地として有名だ。越中八尾《やつお》に行けば、風の盆が有名だ。世界遺産の五箇山《ごかやま》や白川郷《しらかわごう》にも行くことができる。私たちがいた宇奈月温泉に行くルートもある。そして、立山黒部アルペンルートだ」

「どうして、立山黒部アルペンルートなのですか？」

と、亀井が、きいた。

こんな時、簡単に、そうですね、といわないところが、亀井のいいところだ。必ず自分の意見を出すのだ。

「川野ゆきの事件から、考えてみたいんだ。ここで思い出したいのは、殺害された川野ゆきが、大河原大臣に食い込んでいた優秀な記者だったということだ。あのおかしな血判状が届く前に、川野ゆきは、白石が黒部周辺に行ったという情報をつかんでいたと、大久保記者がいっていたね。川野ゆきと大河原大臣は、特別な関係ではないかと噂されるほどだった。もしかしたら、大臣自身が、白石の居場所を洩《も》らしてしまったのかもしれない」

「そうか。最初に白石を追っていたのは、川野ゆきでしたね。でも、なぜ警部は、立山黒部アルペンルートに、こだわるのですか？」

「確証があるわけではないよ。ただ、白石は山好きだということも分かっている。先ほどの、白石が川野を殺したのではないか、という推理を起点にして考えてみよう。

その場合、白石が宇奈月温泉にいたのは、ほぼ間違いないだろう。欅平には、宿泊できる旅館は一つしかないし、そこにも白石が来なかったことは、確認済みだからね。つまり、川野ゆきと同じように、始発のトロッコ列車に乗って、欅平に向かったはずだ。二人は、欅平で会って、話し合いをする約束だったのかもしれない。あるいは、あの血判状のように、川野ゆきの気を引くような手紙を出して、白石が川野ゆきを、欅平におびきだしたのかもしれない。そこは今はまだ分からないが、ともかくトロッコ列車の中か、欅平の駅で、白石はうまく川野をいいくるめて、毒入りのコーヒーか何かを飲ませたのだろう。どこかに身を隠さなければいけないが、どん詰まりの終点だ――」

十津川は、一度大きく息を吐き、続ける。

「今、この地図を見ていて、思ったことがある。もしかしたら、何か見落としているのではないか、我々は常識にとらわれてしまっているのではないかとね。欅平と立山黒部アルペンルートは、繋がっていないが、非常に近いところを通っている。それが気になってきたんだ。頭脳明晰《めいせき》な白石のことだ。どん詰まりの反対側、富山地方鉄道でいえば、富山をはさんで、宇奈月温泉と反対方向の立山に行こうと考えたのかもしれないじゃないか」

「しかし、欅平から先、立山や黒部ダムに行けないことは、確認したのではありませんか？」

「その通りだよ。だから、今度は立山側から見てみたいんだ」

といって、十津川が立ち上がった。亀井も慌てて、十津川の後を追う。

再び電鉄富山駅に戻り、富山地方鉄道立山線の立山行きに乗車する。

一時間ほどで、立山駅に着いた。この駅の二階に上がれば、美女平《びじょだいら》に向かうケーブルカーに乗ることができる。

しかし、十津川は、すぐにはケーブルカーには乗らず、駅のベンチに腰を下ろして、もう一度、立山黒部アルペンルートのパンフレットを広げた。このルートを来たのは初めてである。

十津川は、この立山黒部アルペンルートを選んだ本当の理由を、亀井には、まだ話していなかった。

「この先、さまざまな交通手段を利用して、有名な黒部ダムに行くことができる。私が、このルートを選んだ理由の一つは、その黒部ダムの先にあるんだ。その先を進めば、長野に行くことができる。つまり、新宿に出られるんだ」

「この立山黒部アルペンルートのどこかに隠れていれば、万一の場合は、新宿に逃げられるということですね」

と、亀井が、いった。

「その通りだ。だから、まず第一の仮説として、白石文彦は、富山から、この立山黒部アルペンルートを選んで、途中のどこかの旅館なり山小屋なりに入ったんじゃないか。そんなふうに考えたんだよ」

十津川は、そういって立ち上がると、ケーブルカーで美女平に向かった。

この立山黒部アルペンルートは、毎年四月半ばから十一月中旬まで開放されている。どの季節も、このルートを楽しもうという人たちで溢《あふ》れていた。圧倒的に若者が多い。外国人観光客も、大勢、並んでいる。

このルートの魅力は、その多彩さだ。立山連峰を眺めながらハイキングを楽しむこともできるし、さまざまな乗り物を体験することができる。ケーブルカー、高原バス、トンネルを走るトロリーバス、ロープウェイ。さまざまな乗り物で、アルペンルートを楽しめるのだ。美しい山並みや花を眺めながら、高原を歩くのも楽しい。

今日の十津川は、そのどちらも楽しむ気がなかった。とにかく、このルートを進み、第一の目的地、黒部ダムに行くこと。十津川が考えていたのは、そのことだけだった。

二〇〇〇メートル級の山々をつなぐ立山ロープウェイに乗り、黒部平からまたケーブルカーに乗って、さらに歩く。夕方に、ようやく黒部ダムに到着した。至るところに、まだ雪が残っていた。

黒部ダムを目の前にすると、その大きさに圧倒される。黒部峡谷に作られた、高さ一八六メートル、長さ四九二メートルのドーム型アーチ式のダムである。

「今日は、ここに泊まる」

と、十津川が、いった。

近くの旅館に電話で予約をしたが、すぐには行かず、十津川たちは、ダムの近くに設けられたレストハウスで、夕食を取ることにした。

三階が「くろよん記念室」で、二階がレストランである。

ダム湖の色を再現したグリーンカレーが有名だというので、それを注文した。ライスの形が、黒部ダムのアーチ形になっていた。緑は、ほうれん草のピューレである。

黒部ダムは、黒四の名前で有名だが、今夜泊ることになっている旅館の名前も、「黒四」だった。

食事を済ませた後、二人は、その旅館に落ち着くことにした。部屋に入ると、いささか疲れが溜《た》まっているのが分かる。

「年ですかね」

といって、亀井が笑っている。

十津川は、布団《ふとん》に腹ばいになって、二人の間に、周辺の地図を広げた。

「この地図を見て、何か気がつくことはないか？」

と、十津川が、いった。

「さっき警部が、いわれたじゃありませんか。この先を進めば、大糸線から中央本線に乗ることができる。つまり、そのまま新宿に行くことができるんだから、万一に備えて、白石文彦は、この立山黒部アルペンルートを選んだんじゃないかと」

「たしかに、それもある。もう一つ、この地図を見て、何か気がつくことはないか？」

十津川が、しつこくきいた。

「この地図ですか？」

と、亀井は、目を見開いて、地図を眺めていた。彼は東北の生まれ育ちである。だから、東北には詳しいが、北陸には土地勘がない。今回、富山に来て、立山黒部アルペンルートを歩いたのも、生まれて初めての体験だった。

そんな亀井は、熱心に地図を眺めていたが、突然、

「あれっ」

と、声を上げた。

「ここに黒部峡谷鉄道の欅平の駅があるじゃありませんか。こうやって見ると、あの駅と、今われわれがいる黒部ダムとは、意外に近いんですね」

「そうなんだ。近いんだよ」

「しかし、駄目ですよ。欅平は終点だから、この黒部ダムとは繫がっていません。それに、登山道は、まだ雪に覆《おお》われていて、八月下旬か九月にならないと、とても歩けません」

「よく見るんだ。欅平のところだよ」

と、十津川は、辛抱強くいう。亀井は、じっと地図を見つめてから、ようやくいった。

「欅平のところに、黒部専用鉄道という文字がありますね」

「二人で宇奈月温泉から終点の欅平まで行った時、欅平のホームの端まで行ったら、その向こうに、トンネルが見えたじゃないか。あのトンネルだよ。あれが黒部専用鉄道なんだ。だから、あれを利用すれば、この黒部ダムまで来ることができるんじゃないか。私は、そんな風に考えた」

「しかし、電力会社の専用なんですから、一般人は乗れませんよ。発電施設の保守点検や工事用の路線のはずです」

と、亀井が、いう。

「たしかに一般人は乗れない。しかしね、これを見てごらん」

十津川は、バッグからパンフレットを取り出した。黒部ダムのレストハウスで入手したものだった。

「黒部ルート見学会のおしらせ、ですか」

亀井は、まだピンときていないようだ。パンフレットを開きながら、十津川がいう。

「ここに書いてあるように、五月下旬から十月まで、毎月五、六回、この見学会が催されているんだ。これに応募して、抽選に当たれば、特別に黒部専用鉄道に乗ることができる。そして、川野ゆきが殺された日も、この見学日になっているんだよ」

亀井が驚いたように、十津川の手からパンフレットを引き寄せた。

「欅平駅二階食堂に、午前九時二十分集合と書いてありますよ」

「宇奈月発のトロッコ列車の始発は、九時一二分に欅平に着く。それで来れば間に合うというスケジュールだね」

「川野ゆきと、おそらく白石が乗ってきたのも、その始発でしたね」

と、亀井は納得したようにいったが、すぐに疑問の声を上げた。

「しかし、これは一カ月以上前に応募して、しかも抽選なんでしょう。鉄道ファンには大変な人気でしょうから、なかなか当たらないんじゃありませんか。白石が川野ゆきを殺したとして、それから急いで集合場所の二階食堂に行ったとしても、応募していなければ乗せてもらえないのではないですか？」

「そうだね。いくらなんでも、一カ月か二カ月前から、白石が川野ゆきを殺そうと考えていたはずはない。一方で、白石は毒薬を用意していたのだから、突発的な殺人ではなかったはずだ。そこで、私が思い出したのが、大河原大臣が原発再稼働をめぐって、電力会社から違法献金を受け取っていたという一件なんだ。つまり、大河原大臣は電力会社とつながりがあり、逆にいえば、影響力があるということだよ。きっと大河原大臣か佐々木秘書が、あらかじめ口を利《き》けば、黒部ルート見学会に、ひとり余計に乗せることくらい、不可能ではないんじゃないかね。黒部専用鉄道は電力会社の施設なんだから」

そういいながら、十津川は、欅平で見たトンネルのことを思い出していた。

欅平のホームの端から見れば、二、三〇〇メートル先にあるトンネルである。歩いてもすぐだが、人々は、その先は電力会社専用ということで、欅平から宇奈月温泉に引き返していたのだ。

「警部は、トロッコ列車に乗ってきた川野ゆきを、欅平駅のホームで殺した犯人が、黒部ルート見学会にまぎれこんで、黒部専用鉄道で黒部ダムから立山方面に逃げた。そんなふうに思っていらっしゃるのですね？」

「ああ、私は、そんな姿を想像している」

「その人間は、白石文彦ですか？」

と、亀井が、きいた。

「そうだ。白石文彦だとみている。だが、彼だけに、こだわるのもよくない」

「というと？」

「佐々木秘書かもしれない」

「あのトンネルが使えるなら、誰にでも犯行は可能ですね」

「私が、一番可能性があると思っているのは白石だ」

「しかし、その彼だけが、まだみつからないのです」

亀井は、ため息をついた。

第五章　白石麻美の秘語《ひとりごと》

1

わたしには、嫌いなことが二つある。

一つは貧乏。もう一つは、子供っぽい正義感。

わたしがこんな性格になったのは、父のせいだと思っている。わたしの先祖は、東北の小さな藩の家老だったといわれている。貧乏な藩で、ただ仕えているだけでは、家老といえども、蓄財は難しかったろう。

しかし、その先祖は殿様とのコネをうまく築き、商人から賄賂《わいろ》を受け取り、蓄財に励んだ甲斐《かい》あって、殿様よりも金持ちになったという。

ところが明治から昭和と時代が下り、平成に入ると、一族の生活は一変した。わたしの父は、代々の先祖とは違って、コネを嫌い、正義感を振りかざし、上役と反対の意見を、平然と口にするような人物だった。そのせいで我が家は、周囲から白い目で見られるようになり、事業はうまく行かなくなった。財産は、たちまちの内に、半分に減ってしまった。困り果てた叔父が、家族会議を開き、損得を考えず、子供のような正義感や理想を語る父から、一族の実権をとりあげた。

わたしはこのとき、父のようには絶対にならないと決めたのだった。正義感では、お腹《なか》は膨れず、貧しさは、わたしを惨《みじ》めにさせた。先祖のようにコネがあるならば、迷わずコネを使うべきなのだ。この世の中、何事もコネによって動くと割り切り始めたのも、この頃だろうか。日本という国は、昔からコネ社会だし、それはこれからも、ずっと続くと思っている。それは、日本人の誰もが持っている国民性なのだろう。

最近、よく耳にする「同一労働同一賃金」という思想は、日本人には決して合わない。うまく立ち回った者が得をして、反発を買った者は損をするのが、現実なのだ。そう、わたしの父のように。一見、この平等の思想は、次第に実現しているように見えるが、優秀な官僚たちが、形だけ整えて見せているだけに違いないと思う。

わたしは、ある考察を、ノートに書いたことがある。

「アメリカ人は、仕事に対して、給料を払う。日本人は、仕事をする人に対して、給料を払う」

一見似ているが、全く違うのだ。日本人でいる以上、この呪縛《じゅばく》からは逃れられない。だから、わたしは給料を支払う側、あるいはコネを利用する仕事に就きたいと考えた。たとえば、官僚である。官僚以上に、コネのきく職業はない。

これが、わたしの大学三年の頃の話。

わたしは、父より、叔父の生き方が好きだった。

叔父は、父から実権を取り上げると、昔の先祖と同様に、何かというと、政治家とコネを作るようになった。その中でうまく立ち回り、今では自身が政治家、それも市議会議長にまでなっている。権力欲も強いし、金儲《かねもう》けだって上手《うま》い。

その点、わたしの父は、なぜかこの社会に反抗して、実力一本で何でも出来ると錯覚した。その結果、財産を減らし、家族に迷惑を掛け、今ではなにをするにも叔父の了承が必要なほどに、力と自信を失ってしまった。そんな父と、同じ道を歩こうとは思わない。どう考えたって、父の生き方は間違っていた。

コネの重要性に気付いた大学生のころ、わたしは恋をした。いや——、恋を楽しんだ。

わたしの気持ちの中で、この二つは少し違う。わたしの初恋は高校時代だが、文字通り「恋をした」のだ。自分のことを考えず、相手のことばかり考えていた。だが、大学に進学してからは変わった。相手は同じ大学四年の男子学生の二人だが、わたしは三角関係を楽しみ、その関係を維持しようと計算をしていた。

たとえば、「外見は気にしない」と、いつも殊勝なことをいっていたが、これは嘘《うそ》だった。わたしが描く最も理想的な将来像は、総理大臣夫人に収まることだ。夫婦でパーティに出席した時のことを考えると、外見は気になる。

それに、パーティの時にはハイヒールを履きたいから、わたしより十センチは身長が高くあって欲しい。その点、この二人、白石文彦と牧野順次は、容貌《ようぼう》も合格だし、背も高かった。わたしは内心で「合格」の判を押して、この二人に近づいた。

白石と牧野は、何事につけても対照的だった。わたしには、それが面白かったし、二人の本性が見えたので、それをからかってやるのも楽しかった。白石文彦の方は、とにかく自分の輝かしい未来を語るのが好きだった。何かといえば、得意げに私に語り聞かせた。

国家公務員試験を五番以内で合格して、官僚になったら、政治家に取り入って、その政治家に必要な人間になる。国会では、その政治家に代わって、新しい法律や日本の未来について答弁し、大臣の懐刀《ふところがたな》になっていく。他の役人にも顔を売っておいて、いずれは政界に入り、党の要職や国務大臣を経て、官房長官になり、最後は日本を代表する首相になる。そんな話を、事あるごとに、わたしに聞かせてきた。野心に溢《あふ》れ、正しくコネを使おうとする点は、合格だった。

もう一人の牧野順次に対しては、最初は、ちょっと戸惑った。わたしのことを好きなのは明白なのに、何かにつけ、ライバルの白石文彦を褒めるのだ。そしてなぜか、わたしを白石に譲るかのような言動をする。最初は意図が読めなかったけれど、わたしはすぐに、この男の本性を見抜いた。要するに、正面から白石と競っても勝てそうにないので、自分の優しさを、わたしに売り込んで来たのだ。

その優しさ、友達思いのところに、わたしが惚《ほ》れて、自分を好きになってくれるかもしれない。そんな勝率の悪い賭《か》けをしているのだと、すぐにわかってしまった。そんな姑息《こそく》な手段をとる男に、女は惚れたりはしない。特に、わたしは。だから最初から、牧野にはマイナス点、そして白石にはプラス点を付けておいた。ただ、牧野みたいな男は、自分の優しさだけが売り物だから、いつか役に立つかもしれないと思いながらも、わたしは白石文彦と結婚した。

2

白石は約束通り、国家公務員試験を一番で合格し、自分の目指していた内政省に入省した。その後も、何かといえば、大臣に自分を売り込み、コネを作ろうと必死になっていた。

わたしは、そんな白石へ助力することにした。大河原大臣の妻が、生け花の家元の遠縁にあたり、自分も東京で華道教室を開いているのを知ると、すぐに、その会員になった。

教室では、見栄《みば》えの悪い生け花を、わざと活《い》けた。それを大臣夫人が直してくれると、大げさにお礼の言葉を口にした。

他の生徒が眉《まゆ》をひそめても、平気で夫人にお世辞を並べた。一応、夫人は手で制したが、内心喜んでいることは、わたしにはわかっていた。わたし自身も、それが苦にはならなかった。

わたしは、どんどん夫人に近づき、観察した。その結果、わかったことは、しっかりと手帳に書き留めた。

わたしは、夫人と、お稽古《けいこ》以外での個人的なつき合いの部分を広げていこうと努めた。そうすることによって、お互いの夫婦の間にも、共通の話題が生まれる。自然に、大臣と文彦の間にも、コネが出来ると思ったのだ。

文彦の入省した内政省には、同じ年に十人の新人が入っている。

その中で目立つためには、大臣とコネを作るのが一番の早道であり、それは、少しずつ実を結んでいるように思えた。

わたしの最大の収穫は、一見理知的に見える大臣が、意外にコネが好きだとわかったことだった。

その上、自分を利用しようと近づいてくる人間を、拒否するどころか、喜んで受け入れるタイプだと、わかったことである。これなら、安心して、大臣にコネを求めて近づけると思った。

この考えを、わたしは、すぐに白石に伝えた。中元や歳暮の付け届けだけではなく、年末には、大臣の家に夫婦で行って、掃除や正月の飾りつけの手伝いに精を出した。

世の中には、そんなことまでしてと、眉をひそめる人がいるかも知れないが、いくら見栄えが悪くても、大臣という権力者やその夫人が喜ぶのは、実際には、こんなことなのだ。

わたしは、それを父の失敗と叔父の成功で、いやというほど見てきた。権力者というのは、通常の仕事の面での、部下の献身は当たり前なので、さして喜ばない。

ところが、私生活での部下の献身は、新鮮に感じて、覚えているものなのだ。これは、叔父が教えてくれた。

計算したものではなく、偶然が味方をしたこともある。

わたしはよく、大臣夫人の買い物のお供をしていた。そんなある時、渋谷で七十九歳の老人の運転する車に、危うくはねられそうになった。

わたしは、無意識のうちに、大臣夫人をかばって転倒した。

おかげで、わたしは、右手と右肩を擦りむいた。

大臣夫人は、ほとんど無傷。

念のため、二人とも、救急車で近くの病院に運ばれた。

夫人をかばって転倒した時は、無我夢中だったが、救急車の中では、この偶然を生かすべく、計算を始めた。

「ご主人が心配なさるといけませんから、お知らせにはならない方がいいと思います」

と、わたしは、わざといった。そういえば、逆に、夫人が絶対に大臣に、この事故を知らせるだろうと思ったのだ。

わたしも夫人も、傷の手当てを受けただけで、その日のうちに帰宅した。

その一週間後、突然、夫の白石が、大臣官房付きになった。

同期で入省した新人の中で、異例の抜擢《ばってき》だった。

私は、これで総理夫人に、一歩近づいたと思った。大臣夫人は、この出来事があってから、わたしに個人的な悩みも打ち明けるようになった。

ある時、夫人は、大河原大臣の浮気で悩んでいることを明かした。こんな大事なことを話せるくらい、わたしを信用できる人間と見てのことだと、満足感に包まれた。

わたしは夫人に大いに同情し、家に帰ると、仕事を終えて帰宅した白石に、この話を伝えた。

「これ、何かのチャンスになると思うの。浮気のせいで困るようなことになったら、その時こそ間違いなく、あなたにとって、なにかをつかむきっかけになるはずよ」

白石も、この話を聞いて、喜んでいた。

日本のコネ社会では、役所の中の政策論争や法律問題で手柄を立てるより、大臣の個人的な問題を助ける方が、何倍も有効であると、白石も知っていたのだ。そのチャンスを、わたしも期待していたので嬉《うれ》しかった。

そして、それは意外に早くやって来た。

ある週刊誌が、大河原大臣と女子大生との関係を嗅《か》ぎつけ、特ダネとして扱おうとしていた。それに困惑した大臣が、文彦に泣きついてきたのだ。そこで、文彦は週刊誌の記者に、彼女は自分と関係がある女だと仄《ほの》めかした。

それだけなら、週刊誌記者も欺《だま》されなかったろうが、わたしも、この芝居に参加して、浮気をされて怒り狂う人妻を、一世一代の演技で、演じて見せたのである。

必死だった。が、同時に、わたしは楽しんでもいた。その余裕がよかったのか、芝居は成功した。おかげで、わたしは一時期、週刊誌を避けて家に閉じこもらなければならなかったが、総理夫人になるためなら、平気だった。何といっても、夫の白石とは、馴《な》れ合いの芝居だったからでもある。

しかし、事は、思わぬ方向に転がってしまった。世間は欺せても、浮気をされた夫人は欺せなかった。夫人は、度重なる夫の浮気に、我慢の限界に達してしまったのだ。離婚を切り出し、大河原大臣と別れる事態になってしまった。夫人は、

「政治家としての彼を守ってくれて、本当に感謝してるわ。でも、もう耐えられない

の」

といって、涙ぐんだ。私は最初、政治家夫人なのに、浮気くらいで離婚するなんてと呆《あき》れたが、自分が浮気をされたら、文彦を絶対に許さないだろうなと思い至り、夫人に同情した。

大河原大臣は、この離婚も、傷を最小限にして乗り越えた。さらに、中国人留学生とのスキャンダルの際も、白石の巧みな交渉の甲斐あって、致命傷を免れた。その直後に、佐藤総理大臣の長女である香織と、内密に婚約したというのだから、したたかである。大河原大臣のコネを辿《たど》れば、総理大臣とのコネも構築できそうだと、わたしと文彦は笑った。

ところが、更に大きな事件が起きた。殺人事件だった。この事件は、後になって、わたしたち夫婦に大きく関係してくるので、詳しく書いておく。

都心のホテルで、大臣と噂《うわさ》があった女優、木村弥生が殺されたのである。背中を数カ所刺されての失血死だ。

木村は殺害時、フルメイクのカクテルドレス姿で、誰かを待っている様子だった。長期滞在のためのレジデンス仕様の部屋のドアに、鍵《かぎ》は掛っていなかった。テーブルの上には、ワインボトルとワイングラスが一つ。

更に調べていくと、ワイングラスはもう一つ、きれいに洗われて、キッチンに置かれていた。

こうした部屋の状況は、警察のリークがあったのか、ワイドショーや週刊誌で報じられていた。

この日の午後八時頃、被害者木村弥生は、大事な客を待っていた様子である。人気女優が、自らワインを用意しているのだから、大事な客であったことは分かる。約束の時間に来た客を、弥生は招じ入れたに違いない。

ワインが飲み交され、何かの拍子に、弥生が客に背中を見せた時、突然、客がナイフで彼女の背中を刺した。それは数カ所に及び、床に俯《うつぶ》せに倒れて、木村弥生は亡《な》くなった。

客は、自分の使ったワイングラスを、キッチンで丁寧に洗い、指紋を消してから、逃げ去った。凶器は見つかっていないから、犯人が持ち去ったと考えられる。

木村弥生の死亡推定時刻は、午後十一時から午前〇時の間である。

これが木村弥生殺害事件だった。ホテルの監視カメラの記録は、何者かによって、全《すべ》て消されていた。

もちろん、この事件が、わたしたち夫婦に関係してくるとは、いささかも考えていなかった。木村弥生という女優のことは知っていたが、事件については、マスコミが報じた範囲でしか知らない。

ところが、この事件の現場となったホテルに、大河原大臣が入っていくところを見たという証言者が現れたのだ。それ以来、突然、事件は、わたしたちに身近なものになった。

監視カメラの映像はなく、目撃者の証言だけだった。それだけに、警察も慎重に構えていた。現役の大臣を、殺人容疑で事情聴取したことが公《おおやけ》になれば、政治的な影響は計り知れない。警察は、ひそかに事情聴取を進めていたが、ごく一部の関係者にしか知られないよう、厳重な箝口令《かんこうれい》を敷いていた。こうした捜査方針には、官邸や法務大臣の水面下の指示があったことは間違いない。

この時、信じられないことに、白石が大臣のアリバイの証言者として、名乗り出たのだ。

わたしは、びっくりした。

事件が起きた夜、文彦は確かに家にいなかった。大臣官房の勤務になってから、残業が急激に増え、連日、午前〇時近くまで、霞《かすみ》が関《せき》で仕事をしていたのだ。土日祝日の区別もなかったから、その日も同じだと思っていた。

しかし、白石は、その日は休日だったので、かねてから尊敬していた大河原に会いたくなって、奥多摩にある大河原の別邸を訪ねて、夜を徹して議論を戦わせていたと証言したのだ。さらには、自分が仕える大臣だから、普段は遠慮していたツーショットも、この日に限って撮影したというのである。

大河原も、歩調を合わせるように、次のように証言した。

「私は、その日は都心には出ずに、別邸で静養と勉強をしていた。夜になって、有望な若手官僚が突然訪ねてきたので、日本の未来について語り合っていた。警察には協力するつもりだが、疑わしい証言だけで、私に容疑をかけるとは、捜査能力に疑問があるといわざるを得ない」

身の潔白を主張し、さらには警察批判まで展開して見せたのだ。この発言に警察はひるみ、ほどなくして、大河原は捜査線上から外れた。

「やったわね」

と、わたしは、文彦を誉《ほ》めた。

「今の内閣は、しばらく続くから、このまま出世コースに乗り続ければ、あなたは、いつか事務次官になれるわ」

「私も、ここがチャンスだと思ったから、がんばったんだ。下手をすると、殺人の共犯になるかもしれないと思ったけどね。危険を冒さなければ、大きな見返りは得られない」

と、文彦も、いった。

「大成功よ。これで大臣だけでなく、与党の先生たちとも、強いコネが出来たはず。もう怖いものなしだと思う」

と、わたしは、いった。

3

木村弥生の事件は未解決のままで、大河原大臣や文彦の名前も、政界の一部や怪しげなジャーナリズムで囁《ささや》かれることはあっても、全く取るに足らないゴシップでしかなかった。しかし、順風満帆だったはずなのに、文彦が突然、姿を消してしまう。

ポストカードの裏に、「宇奈月から黒部への旅」と書かれていた以外には、文彦の行方をたどる手がかりはなかった。

わたしの周りの人たちは心配してくれて、わたしも、それに調子を合わせていた。

でも、わたしには、全てわかっていたのだ。もちろん、文彦がどこに行ったかも知っていた。この書き置きは、他の誰かに見せるために、わたしと二人で相談して用意したものだ。

文彦のアリバイ証言は、一応、成功したが、世の中には、しつこい刑事もいる。

それに、年末には選挙が控えているから、大河原大臣が、文彦にしばらく身を隠しているように指示したのだ。いずれ事件はうやむやになるし、選挙が終われば、東京に帰ってこい。悪いようにはしないという大臣の言葉も貰《もら》っている。

出張という名を借りていたが、その上での行方不明、つまりは狂言なのだ。

そんな芝居の時は、重く演じてはいけないと、わたしは思った。だからといって、わたしのひとり芝居では、逆に疑われる。

そこで、わたしは、牧野順次を利用することにした。

牧野は、現在、小さな旅行会社で働いていたから、わたしの芝居につき合わせるには絶好だと思った。

わたしは、彼に会い、文彦の行方が分からなくなってしまった、お願いだから、一緒に探してくれと頼んだ。

すぐに、これは上手くいくと確信した。牧野は一応、迷惑そうな顔をしていたが、内心、喜んでいることが、手に取るように分かったからだ。

ただ、牧野には、屈折したところがあるから、単純に文彦を探してくれというだけでは、こちらの希望どおりには動いてくれないだろう。

だから、ちょっとだけ、文彦の失踪《しっそう》には、政治がからんでいる気がすると、匂《にお》わせてみた。とたんに牧野の顔色が変ったのだ。

（やっぱり）

と思い、同時にこの男なら、うまく騙《だま》して利用できると確信した。

「君は、白石がどこに行ったと思ってるの？」

と、牧野が、きく。その質問は予想していたから、わたしは、例のポストカードを見せた。

牧野は驚きながらも、すぐに納得したように笑って、

「白石は、大学時代から登山が好きだったからね。黒部峡谷鉄道とか、宇奈月温泉の話も、よくしていたよ」

と、いった。いや、もっと他人行儀な言い方だったかもしれない。牧野は、人との距離の取り方が下手な男なのだ。

それにしても、「宇奈月から黒部への旅」と書かれていたからといって、新幹線を黒部宇奈月温泉駅で降りずに、わざわざ富山まで行って、仰々しい観光列車に乗ったのには、呆れて笑ってしまった。牧野は、わたしが感心していると思ったようだが、笑いをかみ殺そうとしていたのだ。あのポストカードに大した意味はないし、ありあわせの紙を使ったに過ぎない。

そして、わたしと牧野は、宇奈月温泉にやってきた。

実は、わたしと文彦は、わたしが東京にいる間も、携帯で連絡を取り合っていた。ただ、夫は、なぜか自分が今どこにいるかを教えようとはしなかった。多分、わたしから情報が洩《も》れるのを恐れていたのだ。わたしも、その気持ちは尊重することにした。つまらない感情に動かされるのは嫌いだった。

白石が姿を消す前、こんなことを頼まれた。

「中央新聞の川野ゆきという女性記者が、私を訪ねてくるかもしれない。この記者に、黒部峡谷鉄道の終点の欅平に行けば、白石が見つかるかもしれない。そんなふうに、うまく吹き込んでほしい」

と、いうのだ。

私は、一瞬、文彦に、

「この女性記者と、どんな関係なの？」

と聞きたくなったが、辛うじて押さえ込んだ。この話は、文彦の考えたことではなくて、大河原大臣の周辺から出ているに違いないと思ったからだ。

翌日、夫の予言通りに、川野ゆきが自宅を訪ねてきた。わたしは、夫は出張中だという建前を口にしながら、こういった。

「ここだけの話、白石は、黒部峡谷鉄道の終点、欅平に行くかもしれません。このところ、いろいろなことが続きましたから、山奥の終点の温泉に泊まって、疲れを癒《いや》したいのでしょう。わたしも、邪魔をしないほうがいいと思っているんですが、白石が欅平に行くとしたら、絶対に朝いちばんの列車に乗るはずです。あんなに気持ちのいいものはないと、いつかいっていましたから」

その結果がどうなるか、わたしは分からなかったし、知ろうともしなかった。

だから、宇奈月に着いた翌日、川野ゆきが欅平のホームの先端で殺されていたと知った時は、演技抜きで、さすがに驚いた。心底から動揺した。

しかし、夫の文彦が、彼女を殺したとは考えなかった。わたしは、文彦をよく知っていると思っていたから、殺人者になるような馬鹿《ばか》な真似《まね》はしないだろうと信じたのだ。

川野ゆきが殺害されたことで、マスコミが大勢、宇奈月にやってきた。川野ゆきには、誰にもいうなといっておいたのだが、中央新聞は、彼女が白石の行方を追って、黒部に来たことを知っているようだった。

宇奈月に着いた直後も、牧野にかくれて、わたしは文彦と携帯で連絡を取っていた。しかし、川野ゆきの殺人があり、簡単には電話をできなくなった。メールをしても、文彦からの返信は、なかなか返ってこない。

それでも、文彦と連絡が取れると、この殺しについて聞いてみた。

文彦は、こういって否定した。

「私は、ひとりで黒部に来てるわけじゃない。大河原大臣の私設秘書が一緒に来ている。話し相手だが、同時に私の監視役だよ。だから、私が殺人などやれるはずがないだろう？」

宇奈月の町は、マスコミと警察であふれているように、わたしには見えていた。旅館も町も、息が詰まるようだった。牧野が妙に気をつかってくるのも、鬱陶《うっとう》しかった。

それで、牧野と喧嘩《けんか》したように装《よそお》って、わたしは一人で宇奈月を離れようとした。文彦と、富山かどこかで会えればいいと思ったが、どうしても連絡が取れず、わたしはひとりでさまよっていた。

そんな空気の時、突然、牧野が、文彦を富山で見かけたと、いいだしたのだ。

わたしは驚いて、牧野の話が一段落すると、急いで文彦に電話をかけた。珍しく、すぐにつながったが、長くは話せないという。牧野の話を伝えると、文彦は、相変わらずどこにいるかはいえないが、少なくとも今は富山市にはいないといった。

わたしは大いに混乱したが、ともかく文彦の無事を確認できたので、それで満足することにした。

ところが、翌日になると、白石が富山にいたという噂が、宇奈月温泉の至るところで囁かれるようになっていた。

それ以上に驚いたのは、その噂の出所が牧野順次らしいということだった。

わたしは、旅館の裏口から逃げ出すことにしたが、牧野は記者やテレビカメラの前で、白石の目撃話を何度も語っていた。

騒ぎが収まるのを待って、旅館に戻ったわたしは、牧野を問い詰めた。

それに対して、彼はこう答えた。

「この宇奈月に、君と一緒に白石を探しに来た。それなのに、いくら探しても、見つからない。それで、少し違ったところを探してみようと思ってね。君に黙って、富山へ行ってみたんだよ。ほら、あのポストカードに、江戸開城談判の絵があっただろう？　それで思いついて、富山城に行ってみたら、そこで佐々木という大河原大臣の秘書に声をかけられた。そして、宇奈月に戻ったら、富山で白石文彦を見たという噂を流してくれと頼まれたんだ」

あたかも自分の勘が当たったといわんばかりだが、わたしにいわせれば、宇奈月を出た時から、牧野は佐々木たちにつけられていたのだ。

「どうして見てもいないのに、そんな頼みを承諾したの？」

と、まっすぐに睨《にら》んできくと、牧野はとたんに、あたふたして、

「白石が宇奈月にいて、身動きが取れないとしたら、そういう噂を流すことで、動きやすくなると思ったんだ。記者や警察が噂を信じて富山に移動すれば、白石も隠れ場所から出てこられるようになる。白石のためになると思ったんだよ」

と、いった。

わたしは、何もいわずにいたが、内心で、

（やっぱり、この男は――）

と思った。

相変らず、この男は頼りない。何事も人のせいにして、自分が埃《ほこり》をかぶりたくない

のだ。要するに、ずるいのだ。

その時、わたしは改めて白石と結婚して良かったと思った。

そんなわたしの気持を、牧野は敏感に感じ取ったのだろう。このあと、少しばかり、牧野の態度は、よそよそしくなった。

「君も知っている大久保から聞いたんだが、東京から来ていた十津川という警部が、部下と一緒に富山に移動したらしいんだ。しかも、まだ宇奈月に帰ってきていない」

自分の狙《ねら》いが当たったとでも、自慢したいのだろうか。

（馬鹿じゃないの）

と、いいたい気持ちを押さえて、わたしは、いった。

「それが問題なの？」

「向こうで、白石文彦を見つけたのかもしれないよ」

「そんなことは――」

ない――といいかけて、わたしはあわてて口を押さえた。少なくとも、文彦は富山にはいないはずだった。

4

その日の夜、旅館でひとりになると、わたしは文彦に電話をした。

「昨日もいったけど、今、宇奈月では、あなたを富山の町で見かけたという噂が流れていて、大さわぎなの。その噂を流すように仕向けたのは、大河原大臣の私設秘書の佐々木さんだというの。あなた、知っているでしょう？」

「もちろん、知っている。君だって、会っているはずだよ」

「ええ、もちろんよ。牧野が、その佐々木秘書に、富山の町であなたを見たという噂を流してくれ、と頼まれたというの」

「それは、知らないよ」

と、白石が、いった。

「そうなの？　わたしは、あなたが佐々木秘書に頼んだのかと思ってたんだけど」

「どうして、私が、そんなことを頼むんだ？」

「宇奈月に集まっている記者たちを、富山に行くように仕向けようとしたのかと思った」

「記者なんて、富山で見たという噂が流れれば、逆に、本当は富山にはいないと見るやつらだ」

「じゃあ、あなたは一体、どこにいるの？」

わたしは、少し苛《いら》ついていた。今まで自分が、夫の文彦をコントロールしていると思っていたから、彼が、この黒部のどこにいても、そして正確な居場所を教えてくれなくても、全く平気だった。

だが、ここに来て、わたしの知らない出来事が、立て続けに起きている。

事件そのものより、わたしが知らないことに苛立つのだ。それだけに、文彦が自分の居場所を明かそうとしない態度が、許せなくなっていた。

文彦と結婚し、大河原大臣とのコネが出来てから、殺人事件くらいでは、わたしは驚かなくなった。

文彦が、大臣のアリバイを証言した時も、これで大臣に恩を売った、と喜んでいたのだ。本当に、心から喜んだ。この危機は、夫が内閣総理大臣になるためのチャンスだとさえ思っていたのだ。ただ、それは、自分が事件の秘密を知っていることが前提になっている。

それが、この宇奈月に来てから、少しばかり揺らいで、不安を感じるようになった。

女性記者殺しだって、驚きはしたものの、わたしには、自分が優位に立っているのだという快感があった。

あの事件は、わたしが仕掛けたのだ。わたしが川野ゆきに、白石は欅平に行くといったから、あの事件が起きた。何も知らずに走り回っている新聞記者たちや、政治がらみとも知らずに動いている警察が、愚かに見えて仕方なかった。

それが、ここにきて、ひょっとすると、自分が蚊帳《かや》の外に置かれているのではないかと、苛立つことが多くなったのだ。

川野ゆきが、なぜ殺されたのか、依然として文彦は説明してくれない。わたしが欅平へ行けといったことを、川野ゆきが誰かに話していたら、わたしはどうなるのだろう。文彦に相談したくても、現在の居場所も教えてくれない。

富山の町に、佐々木秘書が現われて、妙な工作をしていることも、文彦からではなく、牧野から事後に知ったのだ。

実際、大河原と個人的なコネが生れてから、わたしは何度も佐々木秘書に会っている。佐々木も平気で、大臣の個人的なことを、わたしに話してくれる。わたしを自分の仲間として扱ってくれている。そう思っていたのだ。

それなのに、今回の件では、佐々木から何の連絡もない。わたしが宇奈月にいることも、わたしの携帯の番号も知っているはずなのに。

だから、わたしは苛立ってしまうのだ。その苛立ちは、夫の文彦に向かう。

「私は黒部にいる。それだけで充分じゃないか」

と、文彦が、わたしをなだめるように、いった。

「でも、わたしは、佐々木さんが富山に来ていることも知らなかったわ」

「私だって知らなかったよ」

「それ、本当なの？」

「ああ、本当だ」

「でも、今、大河原大臣の秘書と、一緒なんでしょう？」

「今は、柴田《しばた》秘書と一緒だ。君も知っている柴田さんだよ。佐々木秘書は、東京に帰ったとばかり思っていた」

確かに、わたしも柴田秘書のことは、よく知っていた。

二十人もいる秘書の中でも、若手の有望株だ。若手といっても、もう三十代で、東大と、ハーバードの大学院を出ていた。大河原大臣の信望も厚い。将来、大臣が後ろ盾になって、政界への進出が確実視されていることも、わたしは知っていた。

「柴田さんも、あなたに、佐々木さんが富山に来ていることは教えてくれなかったの？」

苛立ちから、つい強い口調になってしまう。

「柴田さんも知らなかったらしい」

と、文彦が、いう。

「そんなの、おかしいんじゃないかしら」

「いや、大臣は、さまざまなルートの人間と、つき合いを持たれているから、秘書も、どうしても、自分の担当分野で働くようになってしまうんだ。大臣は、与党の第二派閥のリーダーだから、派閥を担当する秘書もいるし、国際関係を担当する秘書もいるからね」

「それはわかるけど、でも、おかしいわ。秘書同士の間で、連絡がないなんて――」

わたしがいうと、文彦は、少し間を置いてから、

「これは今のところ、誰にも喋《しゃべ》らないで欲しいんだが」

と、急に声を低くして、いった。

「何なの？」

「特捜に、動きがあるらしいんだ」

と、文彦は、いうのだ。

一時、わたしは、苛立ちを忘れて、

「特捜って、あの東京地検特捜部のこと？」

「そう。その特捜だよ。今回の一連の事件を調べ始めたという情報があるんだよ」

「今回の一連の事件って、あなたが大臣のために、アリバイ証言した事件も含まれているの？」

「それが発端だから、当然入ってくるよ」

「でも、あの事件は、あなたの証言で、大河原大臣のアリバイが成立したから、うやむやになりかかっているでしょう？」

「実は女優以外に、もう一人、遺体が発見されたらしい。私立探偵だ」

「なぜ、それに特捜が乗り出してくるの？」

「それは、私にもわからない。だから、噂の段階だと、いってるんだ」

電話の向こうで、文彦の苛立ちも募っているようだった。

「実は、警視庁の十津川班が、急に富山に現われて、周辺を調べ始めた」

「それは聞いてるわ」

「警察と特捜とは、昔から仲が悪く、張り合っている。特捜が動き出したので、それに対抗して、警視庁の十津川班が動き出したのかもしれない。もしくは十津川班が動いたから、特捜が動いたのかもしれないが」

「十津川班は、今、どこで何を調べているの？」

だんだんと、わたしの中で、苛立ちよりも不安が勝ってきた。

「柴田さんの話では、彼らを立山黒部アルペンルートで見かけたというが、現在、どこにいるか、分からないんだ」

「これは、あなたにとって、いいことなの？　それとも悪いことなの？」

「今のところ、どちらともいえないんだが、これが、大きな話になってくれば、自分を高く売り込むチャンスでもあると思っているんだよ。だから、少しも怖くはない」

と、文彦は、いった。

わたしは、怖くないとまでいい切ることは、できずにいた。

第六章　記者・大久保の眼

1

大久保記者が泊っている宇奈月の旅館に、中央新聞東京本社から、ベテランの田村《たむら》記者が、突然やってきた。

「取材は、どんな具合だ？」

田村は、顔を合わせるなり、大久保に、きいた。

「白石文彦は、まだ見つかりませんが、富山市内で見かけたという噂《うわさ》が広まっています」

と、大久保が、いった。田村は笑って、

「その噂を広めたのは、君だというじゃないか」

「本当は違うんです。白石文彦を探しに、この宇奈月には、彼の奥さんの白石麻美が来ています。そして、その彼女を手伝うため、白石の友人の牧野順次も、この宇奈月に同行してています。その牧野が、富山市内に白石を探しに行ったときに、大河原内政大臣の秘書の佐々木に声をかけられたようなんです。そして、宇奈月に帰ったら、白石を富山で見たという噂を流してほしいと、頼まれたそうです。それが、本当のところです」

「やはり佐々木は、富山に来ていたのか。もう一人、柴田という若手秘書も、こちらにいるという話が、東京で広まっている」

「柴田といえば、大河原大臣の数多くの秘書の中でも、優秀で大臣からの信頼も篤《あつ》いと評判ですね」

「佐々木秘書も、そうだよ。こちらはベテランだけど。どうやら大河原大臣の腹心中の腹心が、二人もこちらに揃《そろ》っているようだ」

「やはり、白石が、こちらにいるからでしょうか」

「そうだろうな」

と、うなずいてから、田村は、

「実は、大河原大臣の婚約者が、婚約破棄を考えているという噂もあるんだ」

と、いった。大久保は、息を呑《の》んだ。

「大河原大臣の婚約者と言えば、佐藤首相のお嬢さんですよね？　たしか、名前は香織さん」

「そうだよ。大河原大臣が前妻と離婚した後、佐藤首相のお嬢さんと内密に婚約したんだ」

「それだけ、佐藤首相と大河原大臣とは信頼し合っているということですね」

「大学の先輩後輩だし、大河原がいろいろと問題を起こしても、二人の信頼関係は揺るがなかった。その証《あかし》として、娘を大河原と婚約させたと、多くの人が見ていた」

「その婚約者が、婚約破棄をほのめかしているんですか？」

「これはうちのスクープだが、まだ記事にするには、裏取りが必要だ」

「婚約破棄を考えている理由は、分かっているんですか」

「うちの記者が密《ひそ》かに、確認に走っているんだが、今のところ、佐藤首相も大河原大臣も完全否定だ」

「でも、田村さんは、確信しているんでしょう？」

「ああ、確信している」

「それで、田村さんの見立ては？」

と、続ける。田村は、人差し指を立てた。

「これはまだ憶測に過ぎないが、ひょっとすると、佐藤首相が、大河原大臣を見限ったのかもしれない」

「しかし、先月末にも、記者の質問に対して、今も、そしてこれからも、大河原大臣を信頼していくと明言していますよ」

「だから、何か佐藤首相が見限るほどの問題が、ここ最近に起きたんじゃないか、と見ているわけだ」

「そういえば、東京地検特捜部が急に動き出したという噂もありますね」

「それは、噂ではないよ。実際に動いている」

と、田村が、いった。

「やはり、大河原大臣に絡《から》んでの動きですか？」

「他に考えようがない。大河原大臣が、特捜が動くほどのことをやっているのか、過去にやらかしたのか……。それでとうとう、佐藤首相も、信頼していた大河原大臣を見限ろうとしている。腹心の大臣秘書が二人も、こちらに来ているところを見ると、総理が見限るほどの問題というのは、白石に関係している。確証はないが、そう考えれば、一連の動きに、線を引くことが出来るんだ」

「面白くなってきましたね」

と、大久保も、にやりと笑った。

「もう一つ、ここにきて、二年前に起きた事件が、急に問題視されている」

田村が、思わせぶりな言い方をした。

「二年前というと、今の第二次佐藤内閣が発足した年じゃありませんか」

「その一カ月後に、その事件は起きた。殺されたのは、小島敬典《こじまたかのり》という五十五歳の私立探偵だ」

「その事件なら、よく覚えていますよ。犯人は、彼の事務所で働いていた二十代の男で、金欲しさに深夜、事務所に忍び込んだら、たまたま仕事で残っていた小島敬典と鉢合わせになり、揉《も》み合ううちに、ナイフで刺して殺してしまった、という事件でした。簡単に解決してしまったので、大きなニュースにはなりませんでしたよね。その事件が、なぜ今になって注目されるのですか？」

と、大久保が、きいた。

「君は今、この事件が関係しているかもしれないと聞いて、何を考えた？」

「殺された小島の職業でしょうか」

答えを聞いた田村は、満足そうにうなずいた。

「そうだ。私も同じところに眼をつけた。日本では、私立探偵は免許制ではないから、誰でも名乗れる。それでも、職業柄、元警察関係者が私立探偵になることが多いのは知っているだろう。小島敬典も、元刑事だった。ただの刑事じゃない。公安刑事だったんだ。それも、退職したときの役職は、公安部長だ。公安部長になってすぐに、突然警察を辞めて、私立探偵事務所を開いた。きっと何か事情があったに違いないと思い、それを突き止めようと、小島が事務所を開いたときの写真を探していたんだが、最近やっと手に入った」

田村は、一枚の写真を取り出し、大久保に見せた。

事務所兼自宅のマンションなのだろう。祝いの花が、ずらりと並んでいる。

よく見ると、佐藤首相や大河原大臣の名前が書かれたスタンド花も見える。

「たかだか私立探偵事務所のお祝いにしては、大した顔ぶれですね」

「他の政治家のもあるよ。多分、後ろ暗いところのある政治家が、慌《あわ》てて花を出したんだろうね。公安部長時代の小島敬典に、何か痛いところを握られていると思った面々が、ご機嫌取りをしたのかもしれない。当時、ニュースとしての扱いは小さかったが、事情を知っている人たちは、小島が殺されたときいて、政治家たちが何か絡んでいるのではないかと疑った。私も政治がらみだと思って、その線で取材をしたんだ」

「それが、単にバイト君の金欲しさによる犯行だと分かったのですね。この事件は、犯人の自供もありましたし、証拠も全部揃っていました。なのに、なぜ、この殺人事件が今、見直されているのですか？　新たな真犯人でも出てきたのですか？」

「それはないよ」

と、田村は笑った。

「問題は、死んだ小島敬典が残した手帳なんだ。小島は、公安一筋だった。辞めたときも、部長職だ。多くのことを知ることのできる立場にいたわけだ。しかも、小島はマメな男で、自分が担当した事件について、調書以外にも、自分の手帳に、あれこれ書き留めていたというんだよ。几帳面《きちょうめん》に、一年に一冊ずつ手帳を使っていたらしいのだ。その二十冊以上あるはずの手帳が、事件現場からも、どこからも見つかっていないんだ」

「殺人事件として捜査したのは、神奈川県警でしたね」

「県警捜査一課だが、問い合わせても、そんな手帳は見つからなかったという答えだった」

「とすると、公安を辞めたとき、手帳の類《たぐい》は、全部燃やしてしまったんでしょうか」

「そうであれば、脛《すね》に傷持つ政治家たちは、ホッとしているだろうね」

「そうか。それなら二年前の事件が、改めて話題になることはありませんね」

「小島敬典には、子供はいなかったが、若い奥さんがいた。後妻でね。名前は節子《せつこ》。小島より二十歳も年下の、三十五歳だった」

「彼女は今、どこで何をしているんですか？」

「それが、わからない。小島敬典の葬式には出ているが、そのあと、故郷に帰り、今では行方知れずだ。別に彼女の消息を気にする人もいなかったんだね。それが突然、小島節子という名前が蘇《よみがえ》ったんだ。しかも妙なところからなんだ」

田村は、今度は薄い冊子を、大久保に見せた。

表紙には、「古書即売会」と書かれている。

そして、一月二十日～二十一日と会期が記され、その下に小さく、
会場　東京古書会館（千代田区神田小川町）

と、あった。

ページを繰ってみると、東京周辺の古本屋が、古書を持ち寄って開く即売会らしい。年に何回か開かれているようだ。

「田村さんが、古書に興味があるとは知りませんでした」

大久保がいうと、田村は笑った。

「古書を読んでいる暇はないし、その古書即売会に行ったこともないよ。友人に、売れないノンフィクション作家がいてね。そいつが見せてくれたんだ。戦前の古本や専門的な資料も出品されるので、一部では人気があるらしい。その十八ページを見てくれ」

と、いった。

十八ページは、都内の「天野書店」が出品する古書目録となっていて、案内がずらりと並んでいた。

その中に、赤丸で囲まれた記述があった。

K元公安部長の愛用手帳一冊

二〇〇一年分　黒塗り部分あり
五万五千円

「このK元公安部長が小島敬典ですか？」

「そうだ。つまり、小島が残したはずの手帳なんだよ。私の友人は、これはネタに使えると思って、即売会に行ったらしいんだが、すでに売れてしまっていたといっている」

「買ったのが誰だか、分かっているんですか？　そもそも本物なんですか？」

「俺も、すぐに天野書店に飛んでいったよ。神田神保町の古書店だ。問題の手帳を、どうやって手に入れたのか、誰に売ったのか、主人に聞いたんだが、一切明かせないというんだ。手帳を入手するときも、誰から買ったか、絶対に名前を明かさないという条件で、手に入れたんだってさ。その手帳が原因で、殺人事件が起きたというわけでもないから、こっちもそれ以上は聞けなかったんだ」

田村は、悔しそうにため息をついた。

「古書即売会の小冊子は、沢山の人が見ているはずですね」

「そうだ。それに、即売会にも、大勢の人が集まっていたらしい」

「問題の手帳は、何冊もあるわけですよね」

「小島敬典は、三十歳から五十五歳まで、公安一筋だからね。一年に一冊としても、二十六冊の手帳を残したことになる」

「その中の一冊を、誰かが買ったとしても、あと二十五冊あるわけです。それを持っているのが、未亡人の節子夫人とお考えなんですね？」

「小島敬典は、奥さん以外、身寄りのない人だったんだ。もし手帳が残っているとしたら、それを持っているのは、未亡人以外には考えられない。小島敬典を殺してしまったバイト君も、金目的で、手帳のことなんかは知らなかったようだし」

「それで未亡人は、どこの生まれなんです？」

「北陸金沢の生まれだということは、わかっている」

「金沢ですか」

「そうだ。石川県の金沢市だ」

といって、田村は、にやりとした。

「ここ富山の隣だ。新幹線なら、あっという間に着く」

大久保の表情を見ながら、田村が続ける。

「小島節子は、旧姓を中村という。その中村家は、節子しか残っていなかったようだ。

その彼女が行方知れずになったことで、一家は途絶してしまった」

「小島節子は生きているんでしょうか？　それとも、死んでいるんでしょうか？」

「金沢の生家はなくなってしまっているし、相続問題もなかったから、これまで節子の生死を、本気で考える関係者はいなかったんだ」

「ここ宇奈月には、各新聞社から記者が来ていますが、全員、川野ゆき殺しの取材と、それに関連しての、白石文彦探しが目的です。小島敬典や節子の名前を、口にする者はいませんでした」

「そうだろう。即売会に出品された手帳によって、別の見方が現れたんだ。なぜ今、出品されたのか、残りの二十五冊はどこにあるのか。そして、なにより、手帳に何が書かれているのか？」

「小島節子は金沢の生まれでしたね？」

「そうだよ」

「もし、彼女が自ら消息を絶って身を隠しているとすると、やはり馴染《なじ》みのある北陸地方にいるんじゃありませんか」

「そうかもしれないね」

「ひょっとすると――」

少しばかり、大久保の顔が青ざめた。

「そのひょっとするとだよ。君も同じことを考えたんだな」

「我が社の川野ゆきは、もともと白石文彦を追って、ここへ来ていました。その白石は、大河原大臣のために働いた論功行賞で、出張扱いで、この黒部や富山に来たと見られています。しかし、その見方は間違っていたのかもしれません。大河原大臣の指示で、マスコミを避けて身を隠すために、黒部に来たという見方もありましたが、この手帳の話を聞くと、白石は、小島節子を探しに来たのかもしれません。小島敬典の残した手帳を探しに来たように思えてきました」

「私も、白石が北陸にきた本当の目的は、そこにあると思い始めている」

と、田村は、いった。さすがに、もう笑ってはいない。真面目《まじめ》な表情でいう。

「大河原大臣は、その手帳に、自分の命取りとなることが書かれていないかと怯《おび》えたんだ。いや、佐藤首相だって、同じ危惧《きぐ》を持っていたんじゃないか。手帳を見つけたら、その褒美《ほうび》として、びっくりするような報奨を約束したのかもしれない」

「その役を白石に与えたのは、彼が身を隠しても、論功行賞ということで怪しまれないからでしょうね」

「それに、出世と金のためなら、どんな汚いことでもするという白石の性格を分かっていたからだろうね。だから、白石の方も必死だったと思うよ」

「それで納得できることがあります」

と、大久保は、いった。

「何のことだ？」

「うちの女性記者の川野ゆきが、黒部峡谷鉄道の欅平駅で殺されました」

「ああ」

「犯人は白石文彦である可能性があると思うのですが、殺す理由が分からなくて、困っていたんです。うるさいマスコミから身を隠しているとしても、見つかったところで口を割らずに、とぼけ続ければいいはずです。この手帳を間に置けば、川野ゆきと白石文彦が、つながってくるんです」

大久保の言葉に、田村もうなずいた。

「君も、川野努という男の死体が発見された件は聞いているだろうね？　この川野努の職業も、知っているね？」

「ええ。川野努も、小島敬典と同じ私立探偵でした。やはり殺された女優の木村弥生の身辺を調査していたという話があって、そちらの関係で殺されたのではないかという見方もあります。しかし、川野という苗字《みょうじ》と、小島と同じ職業ということを考え合わせると、別の推理が成り立ちます」

「君の推理を聞こうか」

と、田村が笑った。大久保は勢いこんで、

「川野努は、仕事柄、小島敬典と付き合いがあったと考えていいでしょう。ことによると、彼も公安関係者で、小島の部下だったことがあるのかもしれません。その関係で、例の手帳のことや節子のことも知っていた。ただ、小島の死後も手帳が見つからず、節子も行方不明と来るから、どうしようもないとあきらめていたんでしょう。ところが、そこに、古書即売会に手帳が出品されたという情報が入ってきた」

と、いった。田村が、続けてくれというような仕草をしている。

「この手帳は、いわば商品見本だと思います。おそらく、一番あたりさわりのない年の手帳なんでしょう。それを古書目録に載せることで、残りの二十五冊も持っているぞ、というデモンストレーションをしているんです。それで、川野努は、いちはやく残りの手帳を入手しようと、小島節子の行方を探し始めた。川野努と川野ゆきは遠縁で、今までも、仕事上でギブ・アンド・テイクの関係だった。一人では、小島節子を見つけられないと考えた川野努は、川野ゆきと協力することにしたんでしょうね」

そこで田村がうなずいて、話を引き取った。

「白石文彦が、大河原大臣の指示で、小島節子と手帳の行方を追っていたとすれば、川野組とは当然、敵対関係になる。何しろ、先に手帳を手に入れた者だけが、情報を独占して、勝利者になれるのだからね。川野ゆきは、白石を追うことで、手帳のありかに近づけると考えたのかもしれないが、それが命取りになってしまったわけだ。川野努の死体は、まだ発見されていなかったから、川野ゆきは油断していたのかもしれない。まさか、手帳のためには殺人も辞さない相手だとは、思っていなかったんだろう」

と、大久保がいう。

「つながりましたね」

「そのほかの関係者は、どうだろうね」

「そうですね。白石文彦の妻の麻美ですかね」

「彼女も、夫の白石を探して、ここに来ているんだったね？」

「そうです。白石の友人だという牧野順次と、一緒に来ています」

「白石を富山で見かけたという噂を流した男か？」

「そうです」

「白石麻美は、本当に、夫が今どこにいるのか知らないのか？」

と、田村が、きいた。

「それが、はっきりしないのです。夫が心配で探しに来たというのに、さほど慌ててもいないのです。富山に探しにいったのも、牧野のほうです。それに、うちの川野記者が殺されていますから、普通なら、夫の白石が殺したのではないかと不安になるはずです。川野ゆきは、白石を追っていたわけですから。なのに、白石麻美は、慌ててもいないし、騒ぎ回るわけでもありません」

「夫の白石の居所を知っているのかな？」

「それはわかりませんが、連絡は取っているような気がします。ただ、白石の本当の目的を知っているかどうかは分かりません」

「他には？」

「大河原大臣の二人の秘書、佐々木と柴田ですが、この二人の動きも気になります。何のためにこちらに来ているのか、聞いてみたいですね」

「目的は分かっているよ。大河原大臣が白石一人に任せておけなくて、信頼できる秘書二人を差し向けたんだ」

「そうですね。私が気になっている人物が、もう一人います」

「誰だ」

「警視庁の十津川警部です。うちの川野ゆきが殺された事件で、富山県警との合同捜査のために、こちらに来ているんですが、果たして、それだけのために来ているのか、そこがわからないのです」

と、大久保は、首をひねって、付け加えた。

「そういえば、十津川警部の姿が、一昨日から見えなくなりました」

「それは気になるな」

と、田村は呟《つぶや》いてから、自分自身を励ますように、

「問題の手帳を、私たちが真っ先に手に入れよう。そこに、政治家の弱みや不祥事が書かれているはずだ。それも現政権が潰《つぶ》れかねないほどのネタに違いない。もしも、これをモノにできれば、世紀の大スクープになるはずだ。現内閣の命運を、我が社が握ることになるぞ」

と、いった。大久保は、少し不安そうに、

「小島節子が見つかったとして、彼女は、残りの手帳を、どうするつもりなんでしょうか？」

「君がいった通り、古書即売会に出された手帳は、いわばサンプルだよ。それに五万五千円という値段がついたが、あっという間に売れてしまった。これを見た小島節子

は、一気に値段を引き上げてくると考えていいだろう。買い手のほうも、本物の手帳が現存していることが分かったわけだから、どうしても手に入れたければ、どんな言い値でも、飲むほかないだろうな」

「でも、うちは、そんなカネを出すことはできないんじゃありませんか。万が一、経理が了承してくれたとしても、あとになって、カネで情報を買ったという話が世間に知れれば、大変なバッシングを受けることになりますよ」

と、大久保がいったが、田村は、不敵な笑みを浮かべた。

「俺に考えがある。明日までに、なんとかするさ」

2

翌日、大久保と田村は、他紙の記者に見られないように注意しながら、富山地方鉄道で、富山市内へと向かった。電鉄富山駅に着くと、駅前のM銀行富山支店で、田村の銀行口座を確認した。

近くのカフェに入り、田村から、通帳を見せられた大久保は仰天した。残高が五千万円を超えている。

「これ、うちの経理から振り込まれたんですか？」

「まさか。入金先を、よく見てみろ」

大久保が、通帳の大口入金先を確認すると、そこには見たこともない企業名が記載されていた。

「どういうことなんです？」

慌てて大久保がきくと、田村がにやりと笑った。そして、声をひそめて、有名なIT企業の若手経営者の名前をささやいた。よくテレビや新聞で見かける名前だった。

「あいつの会社の一つだよ。一種のダミー企業だが、あまり目立ちたくない時に、ここからカネを動かしているんだ」

「どうして、田村さんの口座に？」

「前に取材で知り合ったんだ。彼が今回のスポンサーになってくれる。彼は、どうしても、あの手帳を、大河原や佐藤総理の手に渡したくないんだ。だから、俺たちが、このカネを使って、白石や佐々木より先に、手帳を手に入れる。危険を冒す代わりに、手帳に書かれたネタは、俺たちが書いていい。そういう条件だ」

と、田村が、いった。大久保は、コーヒーに口をつけ、気持ちを落ち着けてから、いった。

か？」

「彼は、どうして五千万円もの大金を使ってまで、あの手帳を欲しがっているんです
「大河原のライバルと目されている政治家がいるだろう？」

と、いって、田村は、人気のある二世政治家の名前を上げた。爽《さわ》やかな風貌《ふうぼう》と言動で、いずれ大河原と総理総裁の座を争うだろうと見られていた。クリーンなイメージでは、この二世政治家のほうが上だが、それだけに、大河原より、ひよわさも感じられる。何より、大河原には、佐藤首相のバックアップがある。

「あのＩＴ長者は、あの二世政治家の熱烈な支援者なんだ。同志といってもいい」

周囲を憚《はばか》ってのことか、なるべく固有名詞を出さないようにして、田村はいった。

「将来の総裁選を考えて、大河原をつぶしておきたい、ということですか」

と、大久保がつぶやいた。とてもクリーンな話ではない。

「あの手帳は特ダネの宝庫だぞ。こっちには、それが手に入るんだから、気にすることはない。うちの経理には、逆立ちしたって、出せないカネなんだからな。その代わり、危険も大きい。佐々木や白石は、何をしてくるか分からないぞ」

「ほかの社に、嗅《か》ぎつけられる恐れもありますね。古書即売会に出品された一冊の手帳が気になります。誰が買ったのでしょうか」

「なにが心配なんだ？」

「どこかの新聞社か雑誌社が、手帳の内容に期待して買ったということも考えられます。その社に、一歩先んじられる可能性もあるわけでしょう？」

「その点は大丈夫だ」

と、田村は、いった。

「どうして、そういえるんですか？」

「売りに出された手帳は、二〇〇一年のものだ。その年に、政財界や社会全般でどんな事件があったか、調べてみたんだが、幸いというか、この年には、大きな事件はなかった。小島敬典自身も、大きな捜査を担当してはいなかったようだ」

「しかし、即売会の小冊子には、『黒塗り部分あり』と書かれていました」

心配した大久保がいうと、田村は笑顔になって、

「あれは、古書店が、思わせぶりに書いたんだろうと思うね。大体、あの一冊の手帳はサンプルなんだから、買い手が本物だと信用できればいいんだ」

と、いった。

「これからどうしますか？　残りの手帳を探すといっても、どこを探したらいいかわかりませんが」

大久保がいうと、田村は、

「まず、新幹線で金沢へ行く」

「しかし、小島節子の実家は、もうないわけでしょう？」

「そうだ」

「彼女が生きているとしても、自分の生家もなくなった町にいるとは思えませんが」

「その通りだろうな」

「それでも、金沢にいくのですか？」

「彼女は、短大進学のときに東京に出てきたが、高校までは地元金沢にいた。つまり、彼女の根っこは金沢にある。高校時代の友達も、まだ何人か、金沢にいるはずだ。彼らに、彼女の消息を聞いてみよう」

「私たちは、余所者《よそもの》ですが、大丈夫でしょうか？」

「そのために、軍資金があるんじゃないか」

田村はカフェをでると、もう一度銀行に足を向け、ＡＴＭコーナーに向かった。

「五十万円ですか」

と、大久保が呆《あき》れたようにいうと、田村が笑った。

「ＡＴＭでは、これだけしか引き出せないようだな。まあ、とりあえずは大丈夫だろう」

田村は、銀行の封筒に入れた五十万円を、無造作にバッグに放り込んだ。そのまま二人は、富山駅から、北陸新幹線で金沢へ向かった。二十分ほどで到着した。

金沢駅は、観光客で溢《あふ》れかえっていた。北陸新幹線が東京から金沢まで開通して、一番恩恵を受けているのは金沢だろう。次は、富山といえるだろうか。ほとんど恩恵を受けていない町もある。

二人は、駅前のタクシー乗り場へ向かった。田村は、手帳を広げると、運転手に行き先を告げた。

「どこに向かうんですか？」

大久保が、きくと、

「小島節子の卒業した高校だ」

と田村はいった。

先輩の田村に引きずられている、と大久保は感じていた。宇奈月で急に話をされて、気がついたら金沢にいる。

県立N高校の前で、タクシーを降り、二人は、そこの教頭に面会を求めた。

中央新聞の名刺が威力を発揮して、アポなしでも、すぐに会ってくれた。

小島節子の旧姓である、中村節子の名前を出し、卒業年次を伝えた。さすがに卒業生名簿は見せてくれなかったが、同窓会の幹事だという女性の電話番号を教えてくれた。田村が、その番号に電話をかけて、小島節子の同級生の名前を聞き出してしまった。その口上のうまさに、大久保は舌を巻いた。

今村今日子《いまむらきょうこ》
沢田《さわだ》みゆき

聞き出せたのは、この二つの名前である。小島節子と同級生だから、当然、この二人も三十七歳である。いずれも、金沢市内に住んでいるという。

今村今日子の方は、サラリーマンと結婚し、十歳の娘とマンション暮らしだという。

沢田みゆきは、三年前に離婚して、現在、地元の観光会社で働いているらしい。

「君は、今村今日子に当ってみてくれ。専業主婦だそうだから、この時間でも、自宅マンションにいるはずだ」

と、田村は、勝手に決めつけ、

「小島節子の居場所がわかったら、お礼にこの五十万円やってもいいぞ」

といって、先にタクシーを呼んで出発した。

3

どこか釈然としないものを抱えながら、大久保もタクシーを呼んで、教えられたマンションへ向かう。

金沢は、京都以上に歴史の生きている町だった。迷路のように入り組んだ町並は、観光が盛んになっても、過度に現代的になっておらず、往時の雰囲気を楽しむことができる。

束《つか》の間《ま》、そんなことを考えているうちに、タクシーは、今村今日子の住むマンションに到着した。

専業主婦の今村今日子は、予想通り在宅していた。子供は、まだしばらく学校から帰らないというので、マンションの近くの古民家カフェで、取材の時間を貰うことにした。

大久保は、中央新聞の名刺を差し出してから、用件に入った。

「小島節子さん、旧姓中村節子さんを探しているのですが、今、どこにいるか、ご存じありませんか？」

「東京の新聞社の方が、何の用で、節子を探し回っているんですか？」

今村今日子が、逆にきき返してきた。その表現に、大久保の勘が働いた。

「私以外にも、彼女を探している記者がいるんですか？」

「直接来た人は、大久保さんが初めてです。ただ、電話がかかってきたことが、一度あります。いきなり、同級生の小島節子が今どこにいるか、知っていたら教えてくれ、といわれたんです。その人も、新聞記者だといっていましたが、本当かどうか分かりません」

「それは、いつのことですか？」

「昨日の朝九時頃だったと思います」

「それで、何と答えたんですか？」

「知らない、といいました。もう二年くらい会っていないし、連絡もありませんから」

二年といえば、ちょうど小島敬典が殺された頃だ。小島節子が未亡人になって以来、会っていないということか。大久保は、そう考えを巡らして、

「節子さんが、刑事と結婚したのは、ご存じでしたか？」

「ええ。あの頃は、東京にいる彼女と連絡が取れていたから、みんなで東京に押しかけたこともありました。ちょっと年の離れたご主人だったけど、頼りがいのありそうな感じでした」

「そのご主人が亡《な》くなったことも？」

「ええ。新聞で知りました。警察を辞めた途端に、若い男に刺されたんでしょう。みんなでお香典を集めて、東京に送りました。東京へ行って、節子を励まそうという子もいて、いつ行くかまで考えていたんですよ。確か、すぐに犯人は捕まったんですよね？」

「そうです。すぐに犯人は捕まり、事件は解決しました。その後、節子さんは一時、金沢に戻っていたと聞きましたが」

「そうですよ。私は、子供が熱を出して、行けなかったけど、同窓会に出てきたこともありますよ。でも、まもなく、全く連絡が取れなくなってしまって。番号を変えたのか、携帯もつながらないし、メールにも返信がないんです」

と、今村今日子がいう。

「今村さんや節子さんの同級生で、今も金沢に住んでいる人は、何人くらい、いるんですか？」

「全部で何人いるかは、よく分からないけれど、数人とは、よく会っています」

「そんなとき、小島節子さんが話題になることはありますか？」

「ええ。でも、誰も節子の連絡先を知らなくて――」

「沢田みゆきさんが、節子さんと親しかったと聞きました」

大久保は、田村が会いに行った女性の名前を出して、

「彼女なら、小島節子さんの消息を知っているでしょうか？」

と、きいた。

「無理ですよ」

と、今日子が、ぴしゃりといった。意外なほど、強い調子だった。

「どうしてですか？　彼女は離婚して、働きに出ているそうですね。境遇も似ているから、付き合いがあるかもしれません」

「でも、彼女は亡くなっていますから」

と、今日子は、いうのだ。大久保は驚いて、いった。

「亡くなったんですか？」

「そうですよ。一カ月くらい前に、交通事故で亡くなったんです」

「交通事故……」

「タクシーに大型トラックが追突して、そこにまたタンクローリーがぶつかって、炎上したんです」

「そのタクシーに、沢田みゆきさんが乗っていた？」

「ええ。東京から新幹線で帰ってきて、金沢駅から、タクシーに乗ったらしいんです」

小島節子のことを話す時よりも、どこか冷やかな声である。そこで、大久保は、

「沢田みゆきさんは、どんな人でしたか？」

と、きいてみた。

「そうねえ。一言でいえば、三十過ぎたのに、落ち着かない人。だから、ご主人と別れたんですよ。境遇も見た目も、節子に似ていたけど、性格はずいぶん違っていました。節子は苦労人で、ひとがいいから、みゆきに合わせてやっていたんでしょう」

「沢田さんは、どのように落ち着かないんですか？」

「いつまでも一攫千金《いっかくせんきん》の夢を追っている男が、時々いるでしょう？　彼女は女だけど、そんな感じでした」

「皆さんにも、そんな一攫千金のもうけ話を持ってきたりしていたんですか？」

「危ない話が多かったから、みんな用心していましたけどね。亡くなる少し前にも、

今度は絶対に儲《もう》かる話だから、出資しないかと誘われましたよ」

「どんな儲け話だったんです？」

「絶対に儲かる宝物が眠っているというんです。それを表に出せば、欲しがる人が殺到するそうです。ただ、それを手に入れるためには、一千万円が必要だというの。同級生が十人集まって、一人百万円ずつ出したら、絶対に二倍、三倍にして返す、といっていました」

「信用しましたか？」

「信じるわけがないでしょう、そんな話。そうしたら、この話には、同級生の一人が関わっている。彼女がその宝物を持っているが、急がないと他に流れてしまう、といいだした」

「その同級生というのは、小島節子さんではなかったのですか？」

少しずつ、大久保の質問に、力が籠《こ》もってくる。

「それって節子のことじゃないの、と、きいたことがありました。節子が関わっているなら、多少は信用できます。みゆきは、ただ笑ってましたけど」

「それで、結局、出資はしたんですか？」

「とんでもない。家庭があると、百万円なんて、簡単には出せませんからね。わたしもそうだけど、十人なんて、とても集まらない。それに、本当に儲かるのか、みゆきの話だけでは分からないし」

「節子さんには、連絡が取れなかったんですね？」

「さっきもお話しした通りです」

「それでは、その儲け話が、本当のところ、どんなものだったかは、分からずじまいですか？」

「ええ。みゆきも、私たちに出資させるのは諦《あきら》めたのか、連絡が途切れがちになって。そんな矢先の事故でした。ほかに出資者を見つけたのかもしれないけれど、どうかしらね」

今日子が時計を見た。そろそろ子供が学校から帰ってくる時間なのかもしれない。

大久保は慌てて、

「沢田みゆきさんの身寄りの方は、この金沢にいるんですか？」

と、きいた。

「いないと思いますよ。子供はいなかったし、別れたご主人は富山の人だったけど、再婚して、今は大阪のはずだから。ご両親も、ずいぶん前に亡くなったと聞いています」

と、今日子は、いった。

取材の目的を問いただされる前に、大久保は、礼をいって、今村今日子と別れた。

4

沢田みゆきに会いに行った田村は、どうしているのだろう。

大久保は、すぐに田村の携帯に電話をしてみた。しかし、何度呼び出しても出ないのだ。

沢田みゆきの住所を訪ねていけば、彼女が交通事故で亡くなっていることは、すぐに分かったはずだ。身寄りを探し歩いているのかもしれないが、とりあえず大久保の携帯に、連絡を入れてくるのが普通だろう。

ふと、田村が嘘《うそ》をついているのではないかという疑念に襲われた。

（田村は、何か企《たくら》んでいる。自分はそれに巻き込まれたのではないか？）

疑念は、どんどん大きくなっていく。

大久保は、タクシーを呼ぶと、金沢駅に急いだ。田村をつかまえられると思ったわけではないが、やはりそれらしい姿は見当たらない。駅前のM銀行は、営業時間を過ぎて、すでにシャッターが下りていた。

(田村は、あの五千万円と一緒に消えた)

大久保には、そう思えて仕方なかった。

中央新聞社会部の浜口《はまぐち》デスクに電話をして、

「田村さんから、何か連絡はありましたか?」

と、きいた。浜口は、

「別にないよ。君と一緒なんじゃないのか?　今、金沢か。のどぐろでも食ってるんじゃないだろうな?」

と、冗談口をたたいてから、突然、

「ちょっと待て!」

と叫んだ。

「今から一時間前に、田村から人事部に電話があったそうだ。本日付で退職するといってきたらしい。おい、どういうことなんだ?」

「こっちでも、田村さんが見つからないんですよ」

「バカ!　すぐにつかまえて、事情を聞いて報告しろ!」

大久保が、呆然《ぼうぜん》として駅前のベンチに腰を下ろすと、眼前に人影が立った。

「中央新聞の大久保さんじゃないですか」

と、人影が、いった。

大久保が顔を上げると、警視庁捜査一課の十津川警部だった。

「なぜここに？　何か用ですか」

「是非、お話ししたいことがありましてね」

「こっちはそれどころじゃないんですよ。忙しいんです」

「田村記者を探すのに忙しい？」

「なぜ、それを知っているんですか？」

「その件について、いろいろとお聞きしたいこともあるし、あなたに教えたいこともあります。とにかく、ここは落ち着かないので、どこかに入りましょう」

と、十津川が促して、二人は駅前から少し離れたカフェに向かった。

大久保は、コーラを注文した。やたらと喉《のど》が渇いて仕方なかった。十津川は、平凡にコーヒーを注文してから、

「東京で以前、古書即売会がありましてね。そこに、小島敬典元公安部長の手帳一冊が、売りに出されたんです。五万五千円という値段でした。使い古しの手帳にしては、ずいぶん高額です」

と、十津川が切り出した。

「警察も、手帳のことを、つかんでいたんですか？」

大久保がいうと、十津川は笑った。

「当然でしょう。小島元部長が、自分の関係した事件や注目を集めた事件について、いろいろな情報を書き留めていたことは、警察内部では、よく知られていましたからね。一年一冊、あの手帳のことは、有名だったんです。ところが、彼が殺害された後、その手帳が、一冊残らず行方不明になってしまった。なにしろ元公安部長だから、その手帳には、政権を揺るがしかねない特ダネやスキャンダルが書き込まれているかもしれない。幻の手帳だけに、伝説が一人歩きしていったのです」

「売りに出された手帳の出所は分かったんですか？」

「出品者の天野書店に聞きました」

「田村記者の話では、何も話してくれなかったといっていましたが？」

「三十代の女性が売りにきたといっていましたが、名前も住所もわからない。何も訊《き》かないという条件で買った、といっていました」

「それだけでも、警察には喋《しゃべ》ったんですか」

「新聞社と警察との力の差だろうね」

と、十津川は笑ってから、

「でも、名前も住所もわからないというのは、嘘でしょう。盗品売買を防ぐために、買い取りの際には、身分証明書を提示してもらうはずだから。捜索令状を持って行けば、別の答えになるのだろうが、手帳を買い取って古書市に出すのは、犯罪ではないからね」

「しかし、十津川さんは、どうして金沢に眼をつけられたんですか？　古書店は、三十代の女性としかいわなかったんでしょう？」

「小島元部長の手帳を持っている三十代の女性といえば、まっさきに思い浮かぶのが小島節子さんだ。彼女は金沢の生まれで、金沢の高校を出ている。そして、ここへ来て、大河原大臣の私設秘書の佐々木一朗が、金沢で動き回っているという情報が入ってきたんです。それで、われわれも金沢へ来てみたら、大久保さん、あなたが携帯で『田村さんが見つからないんです』と怒鳴っていた」

大久保は、どう答えていいかわからなくなり、黙ってコーラを飲み続けた。

十津川は、独り言のように、続ける。

「公安部長だった小島さんが、手帳に何を書き留めていたのか。もし表に出なかった政治家のスキャンダルでも記されていたら、マスコミにとっては特ダネだし、政権を揺るがしかねない情報だ。君のような若い新聞記者が、夢中になって追いかけるのは当然だし、追いかけて新聞に書くべきだと思う。ただ、事件に淫《いん》するという言葉がある。事件を追いかけること自体が目的になって、何のために追いかけているのかを忘れてしまう。そこに、大金が絡んでくると、命取りになる。ミイラ取りがミイラになるということもある」

ひと息ついてから、十津川がいった。

「田村記者のことを、話してくれませんか？」

第七章　富山地方鉄道無人駅

1

女性記者の川野ゆきを殺したのは白石文彦だろうと、十津川は考えていた。

彼女を黒部峡谷鉄道の終点、欅平駅に呼び出して殺し、そのあと、黒部ルート見学会を利用して、黒部専用鉄道で逃げ去ったのだろう。それに白石の妻が力を貸していることも想像されるが、現在の十津川の関心は、別のところにあった。

東京に問い合わせたが、白石は、まだ帰京していなかった。

とすれば、まだ白石は、こちらに留まっているのだろうと、十津川は見ていた。

もちろん、白石が、ただ単に休暇を楽しみに来ているわけではないことは、前から想像がついていた。それが、ここにきて、白石の目的は、元公安部長の小島敬典の残した手帳を、手に入れることではないかという観測が強まってきた。川野ゆきと川野努、遠縁に当たることが判《わか》ったこの二人の被害者が殺された理由を検討していくと、この手帳が動機として浮上してきたのである。

小島の残した手帳は、一冊しか確認されていない。あと二十五冊あるといわれているが、その中の一冊にでも、佐藤内閣の命取りになるようなことが書かれていれば、一冊で数百万円、あるいは数千万円の価格がつくだろう。

佐藤内閣の主要閣僚で、今のところ、一番危ういのは、大河原内政大臣である。命取りになりかねない、危険な手帳を手に入れるために、これまでも大河原の窮地を救ってきた、内政省の若手官僚である白石文彦が、黒部に送りこまれてきた。そのように推測されるのだ。

小島敬典は二年前に亡《な》くなっているから、現在の手帳の所有者は、未亡人の小島節子と思われるが、彼女は長い間、所在不明である。

白石文彦や大河原の秘書の柴田は、黒部から富山近辺に潜伏していると見られている。それに急遽《きゅうきょ》、援軍として、やはり大河原の私設秘書の佐々木が、富山に現れたところを見れば、彼らは、小島節子が富山にいると考えていたのだろう。

ところが、ここにきて、佐々木が金沢に現れたという情報が流れてきた。金沢は、小島節子が生まれ育った土地である。手帳を抱えた彼女が、金沢にいる可能性は常にあった。

マスコミ、特に中央新聞も、小島の手帳を追っているのがわかったが、こちらの方は、ベテラン記者の田村が、おかしな方向に走っている。

大河原大臣のライバル議員を支援するIT企業の経営者から、資金として五千万円を、自分の口座に振り込ませ、そのまま行方を晦《くら》ませてしまったのだ。

「だが、それを持って、逃亡するつもりとは思えない」

と、十津川は亀井に、いった。

「彼も、その五千万円を使って、手帳を手に入れるつもりですかね」

「大久保記者の話では、手帳の中身は、新聞に自由に書いていい、という条件になっているそうだ。IT企業経営者にとっては、大河原大臣や佐藤総理にダメージを与えられれば、十分に元が取れると考えているのだろうね」

「しかし、田村は、中央新聞に辞職を申し出たのでしょう？」

「それが、確認すると、まだ辞表は受理されていないんだ」

「どうしてですか？」

「田村が社員でいる限り、彼が手帳を手に入れれば、それは会社の業務上、入手したことになる。つまり、田村が手帳を他社に持ち込むことはできないというわけだろう」

と、十津川が、いった。

「われわれは、どうしますか？」

亀井がきく。

「とにかく、情報が欲しい」

これは、本音だった。

そのためには、出来ることはしていた。電力会社にも、少し脅かすようにして、協力させることにした。その結果、大河原大臣の秘書から、黒部ルート見学会に急に一人追加を要請されたことが確認できた。ただし、実際に黒部専用鉄道に誰が乗ってきたか、名前は分からないといっている。

そんな中で、中央新聞の大久保記者と、話し合えたのは一つの収穫だった。問題の田村記者の性格について、聞くことができたのだ。聞き取りから、田村が五千万円を持って逃げることはしないだろう、と思えた。田村は五千万円を使って、小島敬典の手帳を手に入れようとするはずだと、判断することが出来たのである。

十津川の携帯が鳴った。

東京に残っている三田村《みたむら》刑事からだった。彼は、大河原大臣と、その秘書たちの動静を調べていた。

「大河原大臣の中尾《なかお》かおるという秘書が、頑丈なアタッシェケースを二個持って、東京駅から北陸新幹線に乗りました。行き先は、富山です」

「アタッシェケースを二個?」

「しかも、よく見ると、アタッシェケースと手首を、チェーンで結びつけているんです。中身は大金かもしれません」

と、三田村が、いった。

「彼女の乗った新幹線の、富山駅到着時刻を教えてくれ」

「富山着一四時五七分のはくたか五六三号。グリーン車十一号車です。報告が遅れましたが、同新幹線には、片桐《かたぎり》刑事が乗り込んでいます」

「わかった。彼女の顔写真とプロフィールを頼む」

十津川は電話を切ると、

「われわれも、すぐ富山に行こう」

と、亀井に、いった。

2

富山駅構内で、二人は、新幹線の到着を待つことにした。

亀井は、自分の携帯に送られてきた、中尾かおるの写真を見ながら、

「手帳を買い取る金を、佐々木秘書たちに渡しに来るんでしょうね」

「手帳の持ち主が、大河原大臣側に取引を申し入れたのかも知れない。手帳に一番金を積みそうな人間だからね」

と、十津川は、いった。

十津川の携帯が振動した。

今度は、若い片桐刑事だった。

「はくたか五六三号の十号車に乗っています。グリーン車の隣の車両です。あと十分ほどで、富山に着きます」

「グリーン車の女性秘書の様子はどうだ？」

と、十津川が、きいた。

「ひとりで乗っています。二回、メールを送信していました。その内容までは分かりません」

「こちらに来ている二人の秘書、あるいは白石文彦と連絡を取ったんだろう」

十津川は腕時計を見てから、亀井を促して、新幹線ホームに上がって行った。

二人は、十号車の停止位置近くで待った。

最初に片桐刑事が下りてきた。

三人で、十一号車のグリーン車に眼をやる。
十二、三人が、ぞろぞろと下りてくる。その中に、アタッシェケースを両手に提げた三十代の女がいた。
「彼女です」

と、片桐が、小声でいった。

女は、しっかりした足取りで改札口に向う。確かに、手首とアタッシェケースの間に、時々チェーンが覗《のぞ》いている。

十津川たちは、無言であとを追った。

女は駅前のロータリーを歩いていく。迎えはいない。

「私が尾行します」

小声でいった片桐が、少し間を空けて、女を追う。

「誰も、迎えに来ていませんね」

と、亀井が、いった。

「用心しているんだ。大河原大臣にしてみれば、問題の手帳のために、大金を用意したことは知られたくないだろう。後ろ暗いところがある証拠だからね。先行している二人の秘書も、目立たないように動いているんだろう」

「あのアタッシェケースに、五千万円が入っているのでしょうか？」

「五千万円なら、アタッシェケース一つに入る。ということは、一億円、用意してきたのかもしれない」

と、十津川は、いった。

二人は、片桐からの連絡を待つ間、富山駅周辺を調べて回った。二人の秘書や白石文彦が、女性秘書を駅に迎えに来ていたかもしれないと考えたからである。十津川たちに気付いて、中尾かおるとの接触をやめたのかもしれない。

片桐刑事からの連絡が入った。

「今、富山Eホテルの前です。女秘書は、このホテルにチェックインしました。ルームナンバーは一四〇七号室。宿泊予定は、今日から五日間になっています」

「われわれも、すぐそちらへ行く」

二人は、ホテルの場所を確認すると、そちらに向かった。

富山は昔、北前船で栄えただけに、海岸近くには、歴史を感じさせる旅館やホテルが多い。しかし、駅前に近いEホテルは、現代的なビジネスホテルだった。

ホテルの外で、片桐が待っていた。

「彼女は、チェックインした後、フロントで時刻表を借りたようですが、内容が不満だったのか、すぐに返却しています」

と、報告した。

その時、ふいに中尾かおるが出てきて、十津川たちをあわてさせた。

彼女は、再び富山駅の方向に向かった。アタッシェケースは、部屋に置いてきたようで、ショルダーバッグを肩にかけていた。十津川たちも、再びあとを追った。

中尾かおるが向かったのは富山駅だが、JRではなく、富山地方鉄道の電鉄富山駅だった。

電鉄富山駅は、JRの富山駅のすぐ隣にある。ホテルや店舗の入った駅ビルとつながっていた。

（こちらの駅で、誰かに会うつもりなのか？）

と、十津川は思ったが、中尾かおるは、改札口の手前にあるコーヒーショップを素通りした。駅構内に表示されている富山地方鉄道の時刻表をメモしたり、富山地方鉄道の路線図をスマホで撮ったりして、人に会う気配はない。

それから、駅員に何ごとか尋ねていたようだったが、最後に構内の売店で、富山地方鉄道の分厚いガイドブックを買った。

十津川と亀井が、中尾のあとを追った。また片桐が尾行すると、気づかれる心配があったからである。しかし、中尾は、一度も後ろを振り返らず、Eホテルに戻っていった。

十津川たちは、近くの別のビジネスホテルに入った。

二十四時間、中尾を監視することは、人手の面から困難だった。それに、夜遅くまでホテルのロビーで見張っていては、中尾たちに警戒される恐れがある。

中尾が五日間の宿泊予定であることから、すぐに動くことはないだろうと判断して、気づかれないように行動を探ることにした。

三人は十津川の部屋に集まり、一連の動きについて話し合った。

「彼女が電鉄富山駅で、時刻表を調べてメモしていたのを見て、気になったことがあるんです」

と、亀井が、いう。

「わざわざ駅に行ってメモしなくても、市販されている時刻表を見ればいいし、たいていのホテルに、時刻表は備えつけてあるんです。私も、さっきフロントで借りてきました」

亀井がテーブルの上に載せたのは、全国の鉄道が網羅されている、大判の時刻表だった。このホテルのスタンプが押してある。

「思った通り、富山地方鉄道は私鉄ですが、ちゃんとのっています」

亀井は話しながら、そのページを開いて、十津川に見せた。

確かに、「富山地方鉄道」の時刻表がのっていた。

本線は宇奈月温泉行きで、他に立山行きと、不二越・上滝線があることがわかる。

「しかし、この時刻表をよく見ると、どちらも特急の停車駅しかのっていないのです。たとえば宇奈月温泉行きの場合、時刻表に載っているのは、九駅だけです」

時刻表には、
電鉄富山↓寺田↓上市《かみいち》↓中滑川《なかなめりかわ》↓電鉄魚津↓新魚津↓電鉄黒部↓新黒部↓宇奈月温

泉

とあった。

「しかし実際には、電鉄富山から宇奈月温泉まで、合計四十一駅もあるんです。全国版の大きな時刻表では、それが分かりません。富山地方鉄道だけが載っている時刻表を手に入れるか――」

「電鉄富山駅に行って調べるか？」

「そうです。そのために中尾かおるは、わざわざ電鉄富山駅に行ったのではないかと思うのです」

と、亀井が、いった。

立山線も、本線と同様に、全国版の時刻表では、特急停車駅のみの記載だった。

「つまり、中尾かおるは、全《すべ》ての駅名を知りたくて、電鉄富山駅に行ったことになるのか？」

と、十津川が、いうと、

「今のところ、他に考えようがありません」

と、亀井が、いった。

「しかし、駅名はスマホやパソコンでも調べられるはずだ。他の理由があるのではないかね？」

十津川が首をひねると、

「中尾かおるは、電鉄富山駅で駅員に何か尋ねていました。私があとで駅員に確かめてみたら、中尾かおるは『地鉄で一番小さな駅はどこか』と、きいてきたそうです」

と、片桐がいって、十津川に分厚いガイドブックを渡した。中尾かおるが駅構内の売店で買っていたのと、同じものである。

確かに本線と立山線で五十四駅、不二越・上滝線を入れると、全部で六十七駅もある。しかも、これは富山地方鉄道の鉄道線を数えただけで、いわゆる「市電」は別である。こちらは、駅ではなく、停留場と呼ばれている。

【本線（宇奈月線）】

電鉄富山、稲荷町《いなりまち》、新庄《しんじょう》田中、東新庄、越中荏原《えばら》、越中三郷《さんごう》、越中舟橋《ふなはし》、寺田、越中泉、相《あい》ノ木《き》、新相ノ木、上市、新宮川、中加積《なかかづみ》、西加積、西滑川、中滑川、滑川、浜加積、早月《はやつき》加積、越中中村、西魚津、電鉄魚津、新魚津、経田《きょうでん》、電鉄石田、電鉄黒

部、東三日市、荻生《おぎゅう》、長屋、新黒部、舌山《したやま》、若栗《わかぐり》、栃屋、浦山、下立口《おりたてぐち》、下立、愛本、内山、音沢、宇奈月温泉

【立山線】

（寺田）、稚子塚《ちごづか》、田添、五百石、榎町《えのきまち》、下段《しただん》、釜《かま》ヶ淵《ふち》、沢中山、岩峅寺、横江、千《ち》垣《がき》、有峰口《ありみねぐち》、本宮、立山

【不二越・上滝線】

（稲荷町）、栄町、不二越、大泉、南富山、朝菜町、上堀《かみほり》、小杉、布市《ぬのいち》、開発《かいほつ》、月岡、大庄《おおしょう》、上滝、大川寺《だいせんじ》、（岩峅寺）

ガイドブックを見ると、富山地方鉄道は、どの線も、小さな駅は、ほとんど無人駅である。

この富山地方鉄道の海岸寄りには、北陸新幹線と、あいの風とやま鉄道（旧北陸本線）が並行して走っている。

（彼女は、一億円を持って、富山にやってきた）

と、十津川は、富山地方鉄道の路線図と時刻表を見ながら考える。

証拠はないが、小島敬典の問題の手帳の持主が、大河原大臣に連絡してきたと考えられる。それで、中尾かおるが一億円を富山に運び、佐々木や柴田、白石たちに渡すよう、命じられたのだろう。問題は、取引の日時と場所である。

一億円を渡し、二十五冊の手帳を受け取る。単なる手帳ではなく、公《おおやけ》になれば内閣が潰《つぶ》れるかもしれない爆弾である。大河原たちにとっても、人知れず取引を済ませたいだろう。

その場所として、富山地方鉄道の駅、それも、特急の停車しない、小さな駅を考えているのではないのか？

十津川たちは、沿線のガイドブックを克明に調べ始めた。

本線（電鉄富山〜宇奈月温泉）の四十一駅のうち、二十六駅が無人駅で、それらの駅の一日の乗降客数は、百人から四百人と記されている。

立山線（電鉄富山〜立山）も同様で、十三駅中、九駅が無人駅。一日の乗降客数も、本線と同じようなものだが、中には日に四十人という駅もある。

そうした無人駅の写真も載っているが、そのほとんどがホームに小さな駅舎がついているだけで、中には、トイレ無しと書かれている駅もあった。

そんな小さな駅での取引なら、秘密を守れると考えているのか。

しかし、あまりに無人駅が多いため、どれが一番小さい駅に当たるのか、判断がつかない。

「電鉄富山駅の駅員も、『どれが一番小さいというのは難しい』と答えたそうです」

と、片桐が、いった。

「どうしたらいいと、考えますか？」

と、亀井が、十津川にきく。

「今の状況では、中尾かおるを逮捕する理由がない。一億円の現金を持っているだけだからね」

「同じことが、佐々木、柴田の二人の秘書と、白石文彦、そして妻の麻美についてもいえるんじゃありませんか。白石には、女性記者殺しの容疑がありますが、逮捕令状を取れるほどの証拠は、まだみつかっていません。また、あの秘書たちに、単に事情聴取しても、本当のことはいわないに違いありません。むしろ、法務大臣など上層部から圧力をかけてくるかもしれません」

亀井が、苦々しげな顔で、いった。これまでも、政治がらみの事件では、同じような政治家の圧力が、かかってくることがあった。

「とすると、調べるのは、手帳の持主のほうか」

「現在、小島敬典の手帳を握っているとしたら、未亡人の小島節子ですが」

「彼女を押さえる理由が欲しいな。亡くなった夫の手帳をもっているというだけでは、逮捕はもちろん、任意同行や事情聴取も難しい」

「そもそも、小島節子がどこに行ったのか、今どこにいるのか、それが分かりません」

「しかも、時間がない」

と、十津川が、いった。

「小島節子の居場所が分かっても、その前に、取引が終了してしまうかもしれないからね」

「特捜の方は、どうなったんですか？　ここにきて、その動きがまったく伝わってきませんが」

「法務大臣が、強引に特捜を抑えてしまったらしい。証拠もなしに、軽々に動くなという命令だ。法務大臣のバックにいるのは、佐藤首相と大河原大臣だろうがね」

「だとすると、今、動いているのは、われわれ警察と、中央新聞と、大河原大臣の秘書たちということですか」

「われわれとしては、女性記者殺人事件の解決を目指したいし、小島敬典の手帳もそのまま押さえたい。手帳が、大河原大臣の秘書たちや白石の手に渡ってしまえば、すぐに焼却されてしまうだろう。小島節子が口封じに殺される恐れもある。それは、何としても防ぎたいのだ」

十津川は、強い調子で、いった。

捜査方針としては、十津川と亀井が、中尾かおるたちの行動を監視し、片桐が小島節子の居場所を追うことになった。もちろん、手掛りが出てくれば、十津川たちも合流する手筈《てはず》である。

翌日、十津川と亀井は、朝から、中尾かおるが泊るEホテルのロビーにいた。フロントには身分を明かし、捜査中だと知らせてある。

正午前になって、中尾かおるが現れた。急ぎ足で駅前に向かっていく。アタッシェケースは持っていなかった。

十津川たちも、もちろん尾行する。

電鉄富山駅で、かおるが乗ったのは、宇奈月温泉行の特急「うなづき」だった。

特急といっても、アルプスエキスプレスでも、ダブルデッカーエキスプレスでもなく、黄色と緑色に塗り分けられた車両だった。

普通列車でないことに多少の戸惑いを覚えながら、十津川たちも同じ列車に乗った。もちろん、別の車両に乗って、気づかれないように、様子を窺《うかが》った。

車内で、大河原の秘書たちや、白石文彦と合流するのではないかと思ったのだが、なにもないまま、一三時三三分に、終着の宇奈月温泉駅に到着した。

駅の外に出るわけでもなく、誰とも接触もせず、中尾かおるは、今度は、普通電車で電鉄富山に引き返して行く。

十津川は、亀井に尾行を続けさせて、自分は宇奈月温泉駅に残ることにした。

駅の外に、大久保らしき人物を見かけたからだった。

ホームから確認したあと、急いで外に出た。やはり、中央新聞の大久保記者だった。

「誰かと待ち合わせですか？」

と、声をかけると、こんな言葉が返ってきた。

宇奈月には、中央新聞の記者がもう一人来ていた。その記者が昨日、富山に取材に行く途中で、田村を見かけたという。電鉄富山行の車内だった。しかし、田村は、途中の新黒部駅で下りてしまった。目撃した記者が、富山から帰ってくるので、会って詳しく話を聞くつもりだという。

「私もぜひ、その話を聞きたいので、一緒に待たせて下さい」

と、十津川は頼んだ。

外で待っているよりはと、十津川は大久保を駅の近くの喫茶店に誘った。

コーヒーを飲みながら、十津川は、

「田村さんは、中央新聞に辞職を申し出たのではなかったのですか？」

「その通りです。ただ、会社側は受理していないようで、田村は今も、うちの記者ということになります」

と、大久保が、いう。

「それは、田村さんが手帳を手に入れたら、中央新聞が独占しようという考えではないのですか。社員のままにしておけば、ほかの新聞社やテレビ局に渡すことはできないでしょうから」

と、十津川が、いう。

「ということは、田村さんには、まだ手帳を手に入れるチャンスが残っているとお考えですか？」

「それはわかりませんが、田村さんは自信があったからこそ、五千万円と一緒に姿を消したんじゃないかと、私は見ているんですよ。ひとりの方が動きやすい、と考えたのかもしれません」

と、十津川は、いったあと、中尾かおるの名前は出さず、

「問題の手帳には、現在の佐藤内閣にとって、不利なことが書かれているという噂《うわさ》があります。とりわけ、大河原大臣の側は、必死で手帳を手に入れようとしていると思いますよ」

と、付け加えた。

店の窓から、宇奈月温泉駅を見ていた大久保が、

「ああ、深見《ふかみ》君が戻ってきたようです」

と、腰を上げた。

大久保が一人で駅に迎えに行き、連れてきたのは、ひょろりと背の高い若い記者だった。

挨拶《あいさつ》を交わしたあと、新黒部駅で撮ってきた、何枚かの写真を見せてくれた。

「新黒部は、長屋と舌山という無人駅の間に作られた、新しい駅です。北陸新幹線が開通するのに合わせて、作られた駅だと思います」

と、深見は、いった。

北陸新幹線に「黒部宇奈月温泉」という駅がある。駅名こそ「黒部宇奈月温泉」となっているが、実際は宇奈月温泉に近いわけではない。

この駅で下りた後、富山地方鉄道の最寄りの駅まで歩いて、宇奈月温泉行きの電車に乗らなければならないのだ。

その最寄りの駅として作られたのが、新黒部駅だった。ここから宇奈月温泉は、特急なら次の駅だが、それでも十九分かかる。

富山地方鉄道では、特急は一日に二本程度しかないから、普通電車に乗るとすると、二十八分の道のりだ。つまり、北陸新幹線から富山地方鉄道に乗り換えて、宇奈月温泉へ行くのには、駅の移動に十分ほどかかるので、どんなに早くても三十分はかかる。

深見記者は、そのように説明した。

「田村さんは、乗り換えにかかる時間を調べに、新黒部で下りたということですか？」

「わかりませんが、それ以外に何か意味があったとも思えません」

と、深見は、いった。

「田村さんは、問題の手帳の持主と連絡が取れたのかもしれない。その取引の場所が、富山地方鉄道になりそうなので、いろいろな駅を下調べしているのかもしれませんね」

そこで、十津川は、二人の記者に、ギブ・アンド・テイクを持ちかけることにした。

「この辺で、情報の交換をしませんか？　こちらの条件は、問題の手帳の内容を、われわれ警察に流すこと。その代り、今回の事件の新聞発表は、中央新聞を第一にする。これでどうですか？」

と、大久保が、いう。

「手帳に何が書かれてあっても、中央新聞が発表しても構いませんか？」

と、大久保が、念を押した。

「それは構いません」

「佐藤内閣の命運にかかわることが書かれていても、ですか？」

「構いません」

「そのために、政治問題になっても、うちの新聞で発表しても良いのですか？」

大久保が、更に念を押した。

「構いませんよ、私はね。最近の政治家たちが嘘《うそ》つきで、自分に不利なことを平気で隠すことに、無性に腹が立っているんです。だから、政界を揺るがすようなスキャンダルが公になることを、歓迎したい気持なんですよ。私は、手帳の中身が、事件の解決に役立ってくれれば、それでいい」

それが、十津川の本音だった。

大久保と深見の顔が、逆に少し青ざめた。十津川が、いう。

「ただ、一つ心配なのは、田村さんが手帳を手に入れたとしても、それを中央新聞に発表しないで、もっと高い値をつける人間に売りつけたりしないか、ということなんです」

これには、大久保が首を横に振った。

「田村さんは、そんな人間じゃありません。根っからの新聞記者ですよ。今回は、中央新聞では、そんな大金で手帳を買うことはできないから、大河原大臣のライバル政治家を応援しているＩＴ企業経営者をスポンサーにして、資金を出してもらっていますが、自分の利益のためにやっていることではないと思いますよ」

「では、どうして、中央新聞に辞表を出したのでしょうか？」

「中央新聞が記事を握りつぶした時のことを考えたのではないでしょうか。政治的な圧力がかかって、中央新聞がもしもそれに屈してしまった場合には、別の新聞社に持っていく。それを出来るようにしておきたかったのではないか。私はそう思っているんです。それに、この記事が載ったら、もう記者として思い残すことはないと、そんなことも考えているのかもしれません」

「なるほど。そうですか」

大久保の言葉に、十津川も、うなずいた。

「じゃあ、警察のつかんでいることを教えて下さい」

と、大久保が、いった。

「大河原大臣の女性秘書、中尾かおるが、多額の現金を持って、富山に来ています。おそらく一億円。明らかに、問題の手帳を買い取るための資金です。その中尾かおるは現在、富山駅近くのホテルに、五日間の滞在予定で泊まっていますが、今日、電鉄富山と宇奈月温泉の間を、こちらに来る時は特急で、戻る時は普通列車で往復しているんです。田村さんと同じように、手帳の持主と連絡がつき、その取引場所が、富山地方鉄道の本線である宇奈月線のどこかになる、と考えているのかもしれません」

と、十津川は、いった。

「手帳の持主は未亡人の小島節子だと、警察は見ているわけですか」

「そうです」

「その小島節子は、中央新聞と大河原大臣の、二股《ふたまた》をかけた取引をやろうとしているんでしょうか？」

「そのように見えますね。値段のつり上げを図っているんだと思います」

「わかりました」

と、大久保は、うなずいた。そのあとで、自分のスマホを見て、

「他にこの件に関係してくる人間として、大河原大臣の秘書が二人、それに白石夫婦がいると思うんですが、この四人について、何か情報がありますか？」

と、きいた。

「二人の秘書は、中尾かおると合流すると思います。白石文彦も、大河原大臣のために動いているはずですが、手帳の方には、全く関わってこないのです。妻の麻美も、白石文彦と意を通じていると思われますが、こちらも水面下に隠れてしまいました。二人が、女性記者の事件に関係しているのは、まず間違いないと思っているのですが、そのあと、動きが見えないのです」

十津川は、正直に、いった。

「私の方も同じです。ここにきて、白石夫妻の消息が全くつかめないのです。どう判断したらいいか、本社も悩んでいるようです」

と、大久保も、いうのだ。

ちょっと間を置いて、十津川がいった。

「一つの見方があります。それは、大河原大臣が白石文彦を見放したということです。

今まで、白石文彦は、大河原から見て、若いが役に立つ守護神だったと思うのです。しかし、女性記者殺しでは、彼はミスをした。われわれは、まだ直接の証拠こそつかんでいませんが、彼が犯人だという確信を持っています。そのように疑われてしまうのは、それ自体がミスだと大河原は考えるでしょう。そして、今度の手帳の件では、全く浮上してこない。大臣にとって、役に立たない官僚は、不要なだけでしょう。それで、すでに外されたのかもしれません」

「そんなことをすれば、白石が大河原大臣に対して、牙《きば》を剝《む》くんじゃありませんか？」

と、深見が、いった。

十津川が笑った。

「今のエリート官僚に、そんな勇気はありませんよ」

3

十津川の推理が当たっていたことが、まもなく証明された。

白石文彦が突然、羽田空港に現れたというのである。

知らせてきたのは、十津川の部下の三田村と、北条早苗《ほうじょうさなえ》の二人の刑事だった。

「一〇時四〇分発の日航機で、パリに発《た》ちました。一年にわたって、ヨーロッパ、アメリカの移民問題について、研究するそうです」

と、三田村が報告した。

「妻の麻美も一緒か？」

「いえ。彼女は同行しません。ここにきて、生活や仕事のリズムが合わず、合意の上、離婚することにしたそうです」

と、北条刑事が答えた。

「内政省から、誰か見送りに来ているのか？」

と、十津川が、きいた。

「秘書課長がひとり、見送りに来ていました」

「課長クラスが、ひとりか？」

「そうです。その秘書課長に話を聞いたところ、一年間の公費留学という話でした。大河原大臣の指示かと聞くと、『白石君はよく働いてくれたので、しばらくのんびりと世界を見て来なさい』と、留学を認めたのだと証言しました」

「体のいい島流しだね。もう、白石文彦は、用なしになったんだ」

と、十津川は、いった。

十津川と亀井は、富山駅近くのビジネスホテルに泊まり込んで、問題の手帳の取引に備えることにした。

中央新聞の大久保と深見の二人も、同じホテルに部屋を取った。

十津川は、中尾かおると田村記者の動きから、取引は、富山地方鉄道本線で行われる可能性がある、と見ていた。手帳の持ち主からの連絡に、それをにおわせるところがあったのだろう。ただ、実行の日時が分からなかったし、本線のどこが舞台になるのかも、分からないままだった。

幸いだったのは、田村記者から、大久保にメール連絡が来たことである。新聞社の上層部が、政権側と裏取引をしてしまうのを恐れて、田村は、会社には一切、連絡をしていない。大久保だけは、なぜか信用して、手帳の持ち主との交渉経過を知らせてきたのだ。

最初に、十津川に知らされたのは、

「七月六日」

という日付だ。

田村からのメールを受けた大久保が、十津川に知らせてきた。

「田村さんのメールによると、手帳の持ち主が連絡してきて、七月六日までに約束した金額を現金で用意しておくように、といってきたそうです」

「約束した金額というのは、いくらですか？」

「最低一億円、といっているそうです」

「それを七月六日までに、といっているんですね？」

十津川は確認する。

「そうです。七月六日、金曜日です」

「今日は七月四日。あと二日で、最低一億を用意しろというのか……」

「そうなります」

「大河原大臣の側は、中尾かおるが、おそらく一億円の現金を、富山に運んできている。田村さんの側は、そんな大金を用意できるのですか？」

「田村さんが、例のＩＴ企業経営者に五千万円では足りなそうだと連絡したところ、先日の五千万円に加えて、さらに五千万を用意すると言ってきたそうです。それで足りなければ、また考えると」

「七月六日までと限ってきたとなると、そのあと、十日も二十日も経《た》ってから取引をするということは考えられないから、七月六日の直後ということでしょうね」

と、十津川が、いった。

「同感です。向こうも、のんびりと取引したいわけではないと思うのです。手早く、高く、手帳を売りたいでしょう」

と、大久保も、いった。

「七月七日は土曜、八日は日曜だから、この二日間は、富山地方鉄道の電車も駅も、観光客で混むと思うのです」

と、十津川は、考えながら、いった。

「取引を静かにやりたいと双方が考えれば、七月九日の月曜になりますね」

「もう少し、取引の場所や方法が分かりませんか？」

と、深見が、いった。

「それは、われわれに任せてくれませんか？」

と、十津川が、いった。

「そちらに田村さんを通して相手の情報が入ってくるように、こちらには、大河原大臣の秘書から情報が入ってきますから」

それは確信ではなく、期待だった。

現在、大河原大臣の秘書が三人、富山に来ていると考えられる。それは、東京で捜査をしている三田村や北条が、確認済だった。目的は、小島敬典の書いた手帳を手に入れて、闇《やみ》に葬《ほうむ》ることだろう。

問題は、彼らが、十津川たち警視庁の人間を、どう見ているかということだった。味方と見ているのか。さらにいえば、大臣の名前、あるいは首相の名前を使えば、自分たちのいいなりになると、甘く見ているかどうかだった。

（多分、甘く見ている）

と、十津川は推理した。

その根拠は、最近、新聞テレビを賑《にぎ》わせている内閣人事局の動きだった。

現在、各省庁の幹部の人事権は、官邸が握っている。

ある省で、次の事務次官や局長を決めようとすると、官邸の意向を聞かなければならない。官邸がノーといえば、その省が推す人間でも、次官や局長にはなれない。

このため、各省の幹部たちが萎縮《いしゅく》して、元気がないともいわれている。

当然、政界、特に首相や有力大臣の気持を、各省の幹部が忖度《そんたく》するようになってくる。

警視庁でも、その空気がある。今では政界入りをしている前の刑事部長は、ある芸能人が傷害容疑で逮捕されたときに、起訴に反対した。首相の遠縁に当たるからではないかと噂された。その結果、この芸能人は不起訴処分になっている。これも明らかに、首相の気持を忖度した結果である。

この雰囲気は、改まるどころか、さらに強くなっていると、十津川は見ていた。大河原大臣も、彼の秘書たちも、そんな空気は敏感に感じ取っているはずなのだ。十津川たちを脅かせば、自分たちの希望するように動くと思っているに違いない。それとなく、大臣の気持を忖度しろといってくるはずだった。

その期待は、かなえられた。

佐々木秘書から、十津川の携帯に、電話がかかってきたのである。会って、ご相談したいことがあるというのだ。

取引の時期が迫り、十津川たちの動きを抑えておきたいと考えたのだろう。

富山市内の、相手が指定したホテルのラウンジで会った。駅からは少し離れているが、格式の高そうなホテルだった。

佐々木の希望で、十津川と一対一の話し合いである。佐々木は、ラウンジの奥に座っていた。近くの席を空けておくように、ラウンジの係員に命じていた。

「今回、私と仲間の二人が、当地に来ています。その理由は、すでにご存じですね？」

と、佐々木はいい、「私設秘書」の肩書き付きの名刺を差し出した。

名刺の裏を見ると、

「佐々木君をよろしく　大河原」

と、サインがしてあった。十津川は苦笑しながら、

「だいたいのことは、分かっています」

とだけ、答えた。

「それなら、話が早い。数十年にわたって公安部で働き、部長で退職した小島敬典は、在職中、ひそかに政治家たちをスパイして、それを手帳に書き留めていた。これは明らかに職務違反であり、犯罪行為といってもいい。ところが、彼の死後、その関係者が、二十数冊もある、その手帳を買わないかといってきたのですよ。われわれが買わなければ、欲しがっているマスコミに売るというのです。どうせ、でたらめが記されているのでしょうが、なにしろ公安部長の日記だから、一般人は、書かれていることを信じてしまう恐れがある。そうなると、政治不信を招きかねない。それを懸念《けねん》された大臣は、絶対にその手帳をマスコミに流すなと、われわれに厳命されたのです。十

津川さんにも、ぜひご協力いただきたいのです」

「売りたいといってきているのは、小島元公安部長の未亡人ですか？」

「そうです。小島節子です」

「しかし、大河原大臣だけに話を持ってきたのなら、手に入れるのは、簡単じゃありませんか？　いくら要求してきているのか知りませんが、大臣なら、その金額を用意することは不可能ではないでしょう。それに、値切ることもできるはずです」

十津川は、知らないふりをして、いった。

「それが、彼女は、ずるいことに、マスコミにも、同じような話を持ちかけている節があるのです」

「どこのマスコミなのか、見当はついているのですか？」

「中央新聞です」

「なるほど」

「中央新聞は、われわれの見るところ、反権力的な色彩の強いジャーナリズムです。こんな偏《かたよ》ったマスコミに、問題の手帳が流れては、国益にならない。だから、十津川さんたち、警察の力をお借りしたいのです」

「しかし、これを通常の売買行為と考えると、われわれ警察は介入できませんよ」

十津川が意地悪くいうと、佐々木は眼をむいて、

「これが単なる売買行為なものですか。デマを使った一種のテロ行為ですよ。絶対に、問題の手帳を、危険なマスコミに渡してはなりません」

「実際の取引は、どうするつもりですか？」

「小島節子は、われわれと中央新聞の人間の両方を、富山地方鉄道本線のどこかの駅に呼ぶつもりのようです。そこで、問題の手帳の値段を決めさせるつもりです」

「どうして、富山地方鉄道本線の駅と分かるのですか？　取引の場所や日時は、小島節子の方で決めるのでしょう？」

「誰も邪魔が入らないような、静かな場所でやりたいと、彼女の方から、いってきたんですよ。こちらで、どこかホテルの部屋でも用意して、迎えの車を出すとまで、いったのですが、断られました」

小島節子も警戒しているのだ、と十津川は思った。それで、いった。

「駅は公共の場だから、おかしなことにはならないと考えているのかもしれませんね」

「何もおかしなことなど、こちらも考えていませんよ。だから、こちらから、小さな駅の駅舎ならどうか、と提案したんだ。そうしたら、向こうが、富山地方鉄道本線が

いいかもしれないと、いい出したんです。駅なら、車がなくても来やすいし、用事が済んだあとで、姿を消すのも簡単でしょう」

「どの駅になるか、まだ決まっていないんですか？」

「うちの秘書の中尾かおるを、電鉄富山駅に行かせて、富山地方鉄道で一番小さな駅を調べさせたんだが、無人駅がたくさんあって、絞りきれないんですよ。それで、どの駅を指定されてもいいように、あちこち下見させているところです」

「日時も、まだ決まっていないのですか？」

十津川がいちばん知りたいのは、そこだった。が、佐々木は、いう。

「まだ、その通告はありません。多分、直前に、いってくるでしょう」

「それで私たちに、何を望んでおられるんですか？」

と、十津川は、きいた。

「問題の手帳を、絶対にマスコミには流さないということです」

「そのために何をすればいいのかを、きいているんですが」

「いざとなったら、中央新聞の人間と、小島節子を逮捕して下さい」

「いつどこで、取引があるか、分からないのに？」

「富山地方鉄道の全ての駅に、警官を配置すれば、済むことです」

「逮捕理由は？」

「日本の政治を、金で売り買いしようとした罪です」

「そんな容疑で、逮捕令状が出ますか？」

「うちの大臣が警視総監に相談したところ、逮捕令状が取れるように検討すると、いっていたそうです。脅迫罪でも何でもいい。こういう時のために、テロ等準備罪を作ったんじゃないか」

と、佐々木は、いった。

佐々木と別れたあとで、十津川は、すぐに中央新聞の大久保と深見に、この話を伝えた。

十津川は、

「しばらく会わない方がいいでしょう。われわれが会っていると知れば、向うは何を企《たくら》むか分かりませんから」

と、いった。

4

七月八日の日曜日、佐々木秘書から十津川に電話が入った。

「明日、七月九日、富山地方鉄道本線の若栗駅、午前十一時から十一時三十分の間。約束通り、お願いします」

それだけいって、佐々木は電話を切った。

十津川は急いで、富山から宇奈月温泉へ向かう、本線の時刻表を見た。

新黒部駅の次が舌山駅、その次の駅が若栗駅だった。

無人駅で、一日の乗降客の数は、百人弱。近くを黒部川が流れているが、とりたてて何もない駅に思える。その上、午前十一時から十一時三十分という中途半端《ちゅうとはんぱ》な時間帯なら、乗降客は、おそらくいないだろう。

大久保記者からも、電話が入ってくる。

「小島節子から連絡が入ったようです。七月九日午前十一時から十一時三十分の間に、本線の若栗駅に、一人で来てくれという指示です」

「誰が行くんですか？」

「一人で、ということなので、田村さんが現金一億円を持って、若栗駅に行くそうです。私も、分からないように、ついていくつもりです」

と、大久保は、いった。

十津川は、富山地方鉄道のガイドブックを、改めて見直した。

若栗駅の写真もあった。

小さな駅舎だった。駅舎というより、待合所のようだ。大正十一年の開業とあって、それらしい古びた木造の駅舎である。

「こんな小さな駅舎の中に隠れて、様子を見るわけにはいきませんね」

と、亀井がいった。

「黒部警察署に頼んで、目立たない自動車を用意してもらおう。ホームと線路をはさんだ反対側から、駅舎の中を見張るしかない」

と、十津川は決めた。

5

翌七月九日の早朝、大久保から十津川の携帯に、電話が入った。

「昨夜、田村記者が、何者かに襲われました。大けがをして、入院しています。用意した金は無事なので、田村さんの指名で、私が代わりに若栗駅に行きます」

張りつめた声だった。十津川は、分かりました、とだけ答えて、亀井、片桐と共に、若栗駅に向かった。

午前十一時。

大河原大臣の秘書佐々木が、若栗駅の駅舎の中に、一人で腰を下ろしていた。

十津川たちは、駅から少し離れた場所にワンボックスカーを駐《と》めていた。離れてはいるが、駅舎の中の様子は見える。佐々木は、ずいぶん早くから、この若栗駅に来ていた。

十一時四分。

富山方面からの普通電車が着いた。

電車が走り去って、ようやく駅舎の中が見える。

駅舎にいるのは、佐々木と、比較的若い二人の男女だった。大河原の秘書の柴田と、中尾かおるである。

中尾が例のアタッシェケースを二個提げてきて、それを同僚の佐々木の傍に置いた。

柴田は、こちらも重そうなボストンバッグを提げている。

念のために、佐々木が先行し、現金は、ほかの二人が運ぶことにしたらしい。

「一人で来る、という約束ではなかったんですか？」

車の中で、亀井が、いった。

「あまり、約束を守るつもりはないようだな」

と、十津川が、いった。

十一時三十分。

先ほどとは反対方向から、電車が走ってきた。電鉄富山行きの普通列車だ。

駅舎の中に、佐々木と、もう一人、三十代に見える女性がいた。柴田と中尾は、駅舎の裏にでも、隠れたのだろう。

佐々木と女が、何か話しあっている。

おそらく、佐々木が、手帳を渡せといっているのだろう。小島節子と思われる女性は、手帳が入っているらしいバッグを握りしめて、拒んでいる様子だ。田村が来るのを待って、値段をつり上げようとしているのか。

もう約束の十一時三十分は過ぎたじゃないかと、佐々木は、いっているだろう。

佐々木にしてみれば、取引に入って、小島節子が手帳を取り出した時点で、十津川たちに、節子を逮捕してほしいはずだ。もしも十津川たちが、希望通りに動かなければ、金を払って手帳を手に入れるしかない。さすがに、われわれの目の前で、手荒なことはしないだろうと、十津川は考えていた。

宇奈月温泉行きの列車が着いて、出ていった。誰も降りなかったようだ。その時、十津川に、富山県警から電話が入った。

「富山地方鉄道の普通列車の車内で、乗客の一人が殺されました。富山から宇奈月温泉に着いた列車の中で、死体が発見されたのです。今、現場検証が行われていますが、所持品の中に、大久保明《あきら》という中央新聞の記者証がありました」

今しがた出ていった列車より、一本前の宇奈月温泉行きだろう。柴田や中尾が乗ってきたのと、同じ列車だ。

その電話を受けると、十津川は顔を赤くして、

「行くぞ！」

と叫び、車から飛び出して、若栗駅に向かって走った。

十津川たち三人が駅舎に飛び込んだとき、そこにいたのは、三十代の女性と、佐々木を始めとする秘書三人だった。三十代の女性は、驚いた顔で、十津川を迎えた。三人の秘書のうち、佐々木は、十津川に笑顔を向けた。味方を迎える顔だ。

十津川は、それを無視して、女性に眼をやり、

「小島節子さんですね？」

と、声をかけた。

女性が黙って肯《うなず》く。十津川は、その女に、警察手帳を見せた。

相手の顔色が変わった。

「あなたは、亡くなったご主人の手帳を処分しようと、ここに二組の買い手を呼んで、競《せ》りにかけることにしたんですね？」

十津川が、さらにきく。

相手が、今度も黙って肯く。

「その商談は、どうなったんですか？」

「片方の方が、まだ見えなくて、待っているんです」

やっと、女が声を出した。

「もう時間ですよ」

と、声を出したのは、佐々木だった。

彼は、女に向って、いった。

「あなたは、若栗駅に午前十一時から十一時三十分にこいと指定した。すでに、時刻は十二時に近い。つまり、もう一人は、買う気がないんです。金が用意できなくて、降りたんでしょう。あるいは、手帳よりも金を選んで、持ち逃げしたのかもしれない。さあ、われわれに問題の手帳を売って貰《もら》いましょう。一億円の金も用意してきているんだから」

「もう一人の方が、なぜ来ないのかわからないと」

と、女が、小声でいった。

「それは、手を引いた方が悪いんだ。とにかく、約束は守って貰う」

今度は、脅かすように、佐々木が、いった。

十津川は、その佐々木に眼をやった。

「待ちなさい」

「これは商談で、警察は関係ありませんよ」

「もう一人の買い手の中央新聞の記者が、富山地方鉄道の車内で殺された、という知らせが入ったんです。宇奈月温泉に着いた列車の中でです」

「えっ？」

と、女が悲鳴をあげる。

佐々木は構わずに、

「それなら、仕方がない。十津川さんに渡したいものがあったんですよ。そこにいる小島節子さんの逮捕令状です。すぐに、そこにいる小島節子を逮捕して下さい」

と、いった。

彼が差し出したものは、間違いなく逮捕令状だった。

「小島節子」の名前も、はっきりと書かれている。

(われらの警視総監も、政治家には弱いのか)

と、苦笑しながら、女に令状を見せた。

「あなたの逮捕令状です。あなたの夫、小島敬典殺害の共犯容疑だそうだ」

「殺害の実行犯が、今になって、あんたの指示で殺したと、自供を始めたんですよ」

と、佐々木が、いう。十津川は仕方なく、

「これがあると、警察官としては、逮捕せざるを得ないんだ」

と、いった。

「違います」

「違うかもしれないが、これは正式な逮捕令状なんです。事情は取り調べで伺います」

「違うんです。私は、小島節子じゃありません」

「小島節子じゃない？」

一瞬、十津川の頭に、ひらめいたことがあった。

小島節子の親友、沢田みゆきが、交通事故で亡くなったという話だった。

年齢も同じ、背格好も似ていたという。その時、死んだのは、本当は小島節子だったのではないか。沢田みゆきは、この時、自分が死んだことにして、小島節子になり代わった。小島節子は身寄りがなくて怪しまれなかったし、何より、金になる手帳を持っていたからだ。

「本当ですね？」

と、十津川は、小声で確かめた。

「本当です。パスポートをお見せしてもいいです。申しわけありません」

と、女も、小声で答える。

「あの交通事故の時ですね？」

「そうです。魔が差したんです。お金が欲しくて」

「早く逮捕しろよ」

と、しびれを切らして、佐々木が、大声を出した。

「何を、もたついているんですか？」

その声に応じて、十津川が振り返った。にっこり笑って嬉《うれ》しそうにいった。

「この令状は、無効です」

「何をバカな！　正式な令状だぞ」

「そうですが、この女性は小島節子ではないのです。彼女の友人の沢田みゆきです。だから、この令状では逮捕できません」

　と、十津川は宣告してから、笑いを消した顔で、

「それに対して、富山地方鉄道で起きた殺人事件は、ホンモノです。富山県警が捜査に入っています。被害者は、もう片方の買い手の中央新聞の記者ですから、ここにいる皆さんも、当然、捜査対象になるでしょうね」

　十津川の言葉にも、佐々木たちは無言だった。

「私が、富山県警の刑事なら、まずそこにある大きなバッグの中身を、問題にするでしょうね。中身は、一億円ですか？」

「そうだ。一億円の現金が入っている。そこにいる女から、小島敬典という亡くなった公安部長の手帳を買い取る資金だ。これは殺人事件とは関係ない。手帳を、すぐに売ってもらおうか」

「これは、あなたのためでもあるんだ」

「そうです。取引を早く済ませて、解散しましょう」

三人の秘書が声を合わせて、いう。

「それなら――」

と、沢田みゆきが身を乗り出すのを手で制して、十津川が、最後にいった。

「もう一人の買い手の田村さんも、一億円を用意したと聞いています。バッグの中の一億円は、田村さんの一億円かもしれない。殺人事件が発生した場合は、関係書類や証拠物件は、全て捜査当局が押さえさせてもらいます。そこにあるアタッシェケースもですよ。動かそうとすれば、証拠隠滅、公務執行妨害です。これは、大臣でも守ってもらわなければなりません」

この作品は二〇一九年一月新潮社より刊行された。

この作品はフィクションです。
実在の人物、場所とは一切、関係ありません。

神戸電鉄殺人事件
西村京太郎著
異人館での殺人を皮切りに、プノンペン、東京駅、神戸電鉄と、次々に起こる殺人事件。大胆不敵な連続殺人に、十津川警部が挑む。

琴電殺人事件
西村京太郎著
こんぴら歌舞伎に出演する人気役者に執拗に脅迫状が送られ、ついに電車内で殺人が。十津川警部の活躍を描く「電鉄」シリーズ第二弾。

広島電鉄殺人事件
西村京太郎著
速度超過で処分を受けた広電の運転士が暴漢に襲われた。東京でも殺人未遂事件が。十津川警部は七年前の殺人事件との繋がりを追う。

黙示録殺人事件
西村京太郎著
狂信的集団の青年たちが次々と予告自殺をする。集団の指導者は何を企んでいるのか？十津川警部が〝現代の狂気〟に挑む推理長編。

十津川警部
赤穂・忠臣蔵の殺意
西村京太郎著
「忠臣蔵」に主演した歌舞伎役者と女子アナの心中事件。事件の真相を追い、十津川警部は赤穂線に乗り、「忠臣蔵」ゆかりの赤穂に。

阿蘇・長崎
「ねずみ」を探せ
西村京太郎著
テレビ局で起きた殺人事件。第一容疑者は失踪。事件の鍵は阿蘇山麓に？　十津川警部の推理が、封印されていた〝過去〟を甦らせる。

寝台特急「サンライズ出雲」の殺意
西村京太郎著
寝台特急爆破事件の現場から消えた謎の男。続発する狙撃事件。その謎を追う十津川警部の前に立ちはだかる、意外な黒幕の正体は！

生死の分水嶺・陸羽東線
西村京太郎著
鳴子温泉で、なにかを訪ね歩いていた若い女の死体が、分水嶺の傍らで発見された。十津川警部が運命に挑む、トラベルミステリー。

十津川警部 時効なき殺人
西村京太郎著
会社社長の失踪、そして彼の親友の殺害。二つの事件をつなぐ鍵は三十五年前の洞爺湖に。旅情あふれるミステリー&サスペンス！

十津川警部「吉備 古代の呪い」
西村京太郎著
アマチュアの古代史研究家が殺された！ 彼の書いた小説に手掛りがあると推理した十津川警部は岡山に向かう。トラベルミステリー。

十津川警部 長良川心中
西村京太郎著
心中か、それとも殺人事件か？ 岐阜長良川鵜飼いの屋形船と東京のホテルの一室で起こった二つの事件。十津川警部の捜査が始まる。

さらば南紀の海よ
西村京太郎著
特急「くろしお」爆破事件と余命僅かな女の殺人事件。二つの事件をつなぐ鍵は、30年前の白浜温泉にあった。十津川警部は南紀白浜に。

西村京太郎著　西日本鉄道殺人事件

西鉄特急で91歳の老人が殺された！　事件の鍵は「最後の旅」の目的地に。終わりなき戦後の闇に十津川警部が挑む「地方鉄道」シリーズ。

今野敏著　リオ
―警視庁強行犯係・樋口顕―

捜査本部は間違っている！　火曜日の連続殺人を捜査する樋口警部補。彼の直感がそう告げた。刑事たちの真実を描く本格警察小説。

今野敏著　朱夏
―警視庁強行犯係・樋口顕―

妻が失踪した。樋口警部補は、所轄の氏家とともに非公式の捜査を始める。鍛えられた男たちの眼に映った誘拐容疑者、だが彼は――。

今野敏著　ビート
―警視庁強行犯係・樋口顕―

島崎刑事の苦悩に樋口は気づいた。島崎は実の息子を殺人犯だと疑っているのだ。捜査官と家庭人の間で揺れる男たち。本格警察小説。

今野敏著　隠蔽捜査
吉川英治文学新人賞受賞

東大卒、警視長、竜崎伸也。ただのキャリアではない。彼は信じる正義のため、警察組織という迷宮に挑む。ミステリ史に輝く長篇。

今野敏著　果断
―隠蔽捜査2―
山本周五郎賞・日本推理作家協会賞受賞

本庁から大森署署長へと左遷されたキャリア、竜崎伸也。着任早々、彼は拳銃犯立てこもり事件に直面する。これが本物の警察小説だ！